우연히
내 일기를
  엿보게 될
 사람에게

우연히
내 일기를
엿보게 될
사람에게

최영미 산문집

문학동네

사랑을 주고 떠나신 할머니께
이 작은 책을 바칩니다.

## 다시 책을 펴내며

옛 글에 새 글을 보태어, 새로 산문집을 펴낸다. 1부에는 2002년부터 현재까지 여러 지면에 기고한 칼럼과 수필들을 모았고, 2부에는 2000년에 출간되어 5년 뒤에 절판된 산문집『우연히 내 일기를 엿보게 될 사람에게』에서 생활의 냄새가 진한 글들을 따로 뽑아 묶었다. 책을 엮으며 일부 원고를 수정했다.

교정지를 들여다보며 그때 내가 왜 그랬을까? 실속 없는 일로 시간과 에너지를 낭비한 지난날들이 후회스러워 가슴을 치기도 했다. 같은 꼭지 안에서, 같은 쪽에서, 같은 단어를 두 번 반복하지 않기 위해 수없이 표현을 바꾸고 다듬었다. 누가 상을 주는 것도 아닌데, 왜 그런 헛수고를 했는지. 하도 자판을 두드려 나중엔 손목의 인대가 파열되어 병원신세를 져야 했으니, 퇴고에 기울인 초인적(超人的)인 노력을 앞으로 내가 또 감수할 것 같지는 않다.

1993년의「등단 소감」에서부터 2009년 9월에 쓴 미발표 원고「내가 젊어 보인다고?」에 이르기까지, 20세기에서 21세기로 넘어가는 전환기의 대한민국에서 살았던 어느 개인의 일상의 기록으로 읽기를 바라며 책의 제목을 달았다. 자본과 기술이 지배하는 세상에서 자신을 지키기 위해 싸우고 사랑하며, 때로 유유자적 순간을 즐겼던 생활인의 초상이 누군가의 하루를 즐겁게 해주기를…… 당신에게 내 목소리가 들린다면, 단어 하나에 목숨을 걸고 홀로 아팠던 손목이 덜 허망하리라.

원고를 정리해준 여러분에게 두루 감사드린다. 그동안 읽고 싶어도 서점에서 책을 구하지 못한 독자들에게 미안했는데, 이제 한시름 덜게 되었으니 기쁘다. 부디 모두 평안하고 행복하시길……

2009년 10월, 춘천에서
최영미

# 차례

제1부

. . . . .

# 살며 생각하며

2002년~2009년

. . . . .

# 좋은 하루 되세요

"좋은 하루 되세요."

"네? 아— 그러세요."

얼떨결에 전화를 끊지만, 식용유 한 병을 통째로 삼킨 듯 느끼한 불쾌감이 가라앉지 않는다. 자주 들으니 이력이 나서 요즘엔 상대의 말이 채 끝나기도 전에 찰칵, 수화기를 내려놓는다. 눈부신 햇살은 없었지만 꽤 괜찮게 시작된 나의 '좋은 아침'이 산산이 부서지는 느낌. 내 반응이 너무 과격한가? 내가 느낀 거북함은 모국어에 대한 나의 감각과 관계가 있다. 내가 알고 있던 한글의 자연스러운 쓰임새를 그가 파괴하지 않았다면 나는 그토록 분노하지 않았으리라. '좋은'과 '하루'의 조합이 도무지 어색했다. 차라리 즐거운 아침이라 하든가, 아님 숫제

'굿 모닝'이라 하지, '좋은 아침'이 뭔가? 좋은 아침까지는 그래도 봐줄 수 있다. '되세요'라니? 뭐가 되라는 건지…… 영어의 'Good morning'을 우리말 어법을 무시하고 글자 그대로 옮긴 표현이 거슬렸다. 겉은 한국어인데 속은 영어 같아서.

나는 일부러 사전을 찾아가며 아름다운 우리말을 쓰려고 노력하는 작가는 아니다. 하지만 적어도 우리말을 왜곡하거나 서투른 외래어로 더럽히지 않으려고 나름대로 최선을 다했다. 아름답지는 않더라도 바른 문장이 내가 추구하는 목표였다. 글이든 말이든 삶이든 진실하다면, 꾸미지 않더라도 당신이 알아주리라 기대한 내가 잘못이었나? 가끔 일 관계로 만나는 사람들로부터 오만하다는 말을 듣는다. 인사를 잘 하지 않는다는 게 이유였다.

사교의 기술에 대한 나의 거부감은 어머니로부터 물려받은 유산이다. 지나치게 성실한 당신은 일체의 허식과 군더더기를 혐오했는데, 고지식함이 도를 넘어 상대를 피곤하게 만들 때도 있었다. 그래서 나는 반성해본다. 적당한 인사말은 팍팍한 현대생활의 윤활유가 아닌가. 어울리는 곳에 걸려 있다면 그림도 장식이 아니라 벽의, 공간의 일부가 되듯이.

그래도 좋은 하루는 틀렸다. 그냥 옛날대로 "안녕히 계세요" "잘 있어""밥 먹었니?" 하면 어디 덧나나? 꼭 그렇게 버터 바른 빵을 먹은 티를 내야 하나. 서양문화에 대한 뿌리 깊은 열등감이 지겨워 진저리를 쳤던 건데, 아프가니스탄 사태를 다룬 텔레비전 뉴스를 보며 문득 우리를 되돌아본다. 잊었던 6·25의 망령이 되살아나고…… 아, 아버지. 당신의 청춘을 저당 잡혔던 동족상잔의 끔찍한 전쟁이 불과 오십 년 전의 일인데, 우리는 지금 우아하게 아침타령을 하는군요.

"밥 먹었니?"의 걱정에서 벗어나 우리 사회가 안정되어간다는 징조일 텐데, 말로만 남을 배려하는 척하지 말고, 진심으로 남을 배려할 줄 아는 성숙한 시민의식이 아쉽다. 지하철에서 떡하니 다리 벌리고 앉아 두 사람 자리를 혼자서 독점하지 말고, 승객이 타기 전에는 버스가 떠나지 않았으면 좋겠다. 땀 흘린 사람이 허무해지지 않는 사회가 되었으면. 우리 어법에 맞지 않는 인사말로 무늬만 세계화한다고 일등국민이 되는 건 아니다. 겉은 무심하더라도 속은 따뜻한 사람, 진정으로 타인을 존중하는 사교문화가 그립다. 겉은 허술하더라도 속이 꽉 찬 개인들이 늘어나야 국가의 경쟁력도 강화될 것이다.

다행히 새해가 시작되어 내가 두려워하는 '좋은 하루' 대신에 복 많이 받으라는 덕담을 나누는 일이 잦아졌다. 한 십 년 뻣뻣하게 살았으나, 얻은 것보다 잃은 게 많아 요즘엔 나도 남들을 따라가느라 목이 아프다. 이왕 적응할 바엔 창조적으로 해야지. 전화를 끊으며 "새해

복 많이 받으시고, 남으면 저한테도 조금 나눠주세요." 후다닥 준비한
말을 총알처럼 던지면 사람들이 웃는다.

(중앙일보, 2002년)

# 이기기보다
## 즐기는 축구를……

기다려진다. 유월이 빨리 왔으면, 아니 천천히 왔으면, 월드컵이 시작되기 전에 내가 지금 쓰고 있는 책이 끝나 홀가분한 마음으로 텔레비전 앞에 앉았으면 좋겠다. 나는 축구광이다. 프랑스가 우승하는 순간 귀빈석에서 벌떡 일어나 환호하던 자크 시라크 대통령의 아이처럼 순진한 미소가 아직 내 머리에서 지워지지 않았다. 그들을 다시 만나고 싶다. 일국의 최고지도자답지 않게 천진한 미소를 떠올리며 환상을 품어본다. 모든 나라의 모든 권력들이 축구에 열광한다면 이 세상에서 전쟁이 사라질까. 팔레스타인과 이스라엘도 폭탄 대신 공차기로 우열을 가렸으면.

얼마 전, 나처럼 1998년 월드컵을 한 게임도 놓치지 않고 다 본 사람과 한국대표팀의 문제점을 토로하며 꽤나 아는 척했지만, 축구에 대한 나의 지식은 오프사이드를 겨우 이해한 수준이다. 대학 재학중에 인문대 체육대회에서 골키퍼를 맡은 게 유일한 실전경험이고, 다섯 살 된 조카와 가끔 아파트 거실에서 공을 차는 걸로 만족한다. 수박공을 굴리며 깔깔거리는 아이를 보는 낙에 동생 집을 찾듯이, 나는 경기보다는 잔디밭을 질주하는 젊음의 활기와 화려한 골 세리모니(goal cer-emony)를 쫓는다. 나라마다 축구선수들은 어쩜 그리 멋있는지. 월드컵은 내게 미스터 유니버스 대회를 훔쳐보는 은밀한 기쁨도 덤으로 선사한다. 사사로운 욕망이 개입되지 않은 순수한 도취라고 우기고 싶다.

공을 갖고 노는 톡톡 튀는 개성은 살아 있는 예술인데, 한국축구에는 기술을 뛰어넘는 예술이 없다. 우리나라 선수들은 경기장 안에서 날 감동시키지 않는다. 바로 그게 한국축구의 가장 큰 문제라고 나는 생각한다. 감동이 없고 승부만 있다. 무조건 이기려고만 하지 즐기지 못한다. 승부에 집착해 공이 들어가지 않는다. 들어갈 공도 골대에 맞고 다시 튕겨나온다. 그런 뻣뻣함이 선수들 개개인의 책임이 아니라는 데 문제의 심각성이 있다. 국민들이 우리 선수들을 그냥 놔두질 않는다. 방송과 신문에서, 인터넷에서, 하다못해 지하철광고에서도 한결같이 16강을 외치며 선수들의 등을 떠민다. 우리 사회 전반에 걸친 무시무시한 획일성과 감상적인 애국주의, 콤플렉스가 뒤섞인 한심한 작태이다. 그래서 불쌍한 우리 선수들은 무늬만 신세대이지 머리만 노랗게 물들였지, 남미나 유럽의 선수들처럼 자신의 진정한 자아를 자유롭게 운동장에 풀어놓지 못한다.

최근의 과열된 부동산투기로 정작 실수요자들이 집 구하기 힘들듯이, 뜨겁게 달아오른 16강 열기 속에서 내가 필요로 하는 정보는 찾기 어렵다. 오프사이드보다 고급한 경기규칙들을 알고 싶지만 어느 방송에서도 나의 허기를 채워주지 않는다. 밤늦게 텔레비전을 보다 문득 한탄한다. 한 나라의 총력을 기울인 축제가 진짜 축제일까. 준비가 안 됐는데 욕심을 부린 건 아닌가. 잘못하면…… 하지만 이왕 시작한 거니 팍팍 밀어줘야지. 다른 데는 삐딱한 나도 축구에 관해선 이성을 잃는다.

그동안 한국축구는 한(恨)의 축구였다. 나라를 뺏기고 못 먹고 괄시받은 온갖 설움을 '슛! 골인'으로 풀려는 답답한 속내를 내가 왜 모르랴. 하지만 이제는 국력을 체력으로 증명해야 한다는 집단초조증에서 벗어나야 하지 않을까? 그날이 곧 우리나라가 살고 싶은 나라가 되는 날일 텐데. 큰 경기에서 골을 넣으면 외국선수들은 팡팡 웃는데 우리 청년들은 눈물이 글썽하다. 나는 차두리와 이동국의 눈에서 눈물이 아니라 웃음이 맺히는 걸 보고 싶다. 그래서 내 지리멸렬한 일상에 잠시 숨통이 트이고 인생이 환희로 차오르는 순간을 만끽했으면.

(중앙일보, 2002년)

# 일본 입국 유감

    평소 국가의식이 희박한 내가 새삼 한국인임을, 조선 여자임을 확인하게 된 사건 하나를 말하련다. 2002년 3월 2일 오후 1시경, 후쿠오카 공항의 입국심사대 앞에 섰을 때 나는 일본 입국에 어려움이 있으리라고는 상상조차 못 했다. 일 년 만기의 관광비자는 아직 유효했고, 후쿠오카 왕복항공표도 아무런 문제가 없었다. 그날따라 내 차림새가 특별히 초라하지도 않았다. 아침 일찍 일어나 엷은 화장도 하고 머리를 다듬었으며 새로 다린 바바리코트를 입고 있었다.

    후쿠오카에는 뭐 하러 왔느냐?
    나는 관광객이다.

혼자 왔느냐?

그렇다.

왜 호텔예약을 하지 않았느냐?

나는 자유롭게 여행하기를 좋아한다.


　입국신고서에 호텔 이름을 써 넣지 않은 게 화근이었다. 여행할 때 나는 미리 숙소를 예약하지 않는다. 오랫동안 몸에 밴 원칙이라, 바꾸고 싶어도 하루아침에 바뀌지 않는다. 어디 틀어박혔을지도 모르는 호텔을 찾아 헤매느니 현지의 관광안내소에서 내게 맞는 곳을 소개받는 게 편하고 교통비도 절약되었다. 전 세계 어느 도시를 가도 호텔예약을 하지 않았다고 입국을 저지당한 적은 없었다. 단 한 번도. 이웃나라의 공항에서 따가운 의혹의 시선을 물리치고자 영어를 짜내며, 나는 내가 불법체류자가 될 가능성이 높은 사람으로 의심받고 있음을 알았다.


　너 일본에 친구가 있니?

　후쿠오카에는 없지만 요코하마에 있다.


　내 시를 일본에 소개한 사가와 아키 선생님, NHK방송을 위해 인터뷰한 소설가 무라카미 류가 떠올랐지만 굳이 그들의 이름을 들먹이고 싶지 않았다. 그는 내게 친구가 있냐고 물었지, 친구가 누구냐고 묻지 않았기에.

너 돈 얼마 있니?

남자직원의 입에서 나온 뜻밖의 질문에 나는 당황했다.

약 2만 엔, 하지만 나는 신용카드가 있다.

더듬더듬 덧붙이며 얼마나 처참한 기분이었는지. (내 말을 못 믿어) 신용카드를 보여달라는 그의 요구대로 지갑을 꺼내 황금빛 신용카드를 그의 손에 쥐여주는데, 가슴속에서 뜨거운 덩어리가 치솟았다. 빳빳이 다린 바바리코트가 구겨지고, 한 인간으로서의 내 품위가 구겨졌다.

과거가, 과거인 줄 알았던 쓰라린 역사가 문득 되살아났다. 허황된 꿈에 부풀어 무작정 일본행을 감행했던 한국의 젊은 여성들이 오죽 많았으면, 날 의심할까. 세 명의 심사관이 잇달아 나를 심문했다. 이해할 수 없다고 따지는 내게 그는 내가 일반적인 관행을 어겼다며 따끔히 충고했다. 이번에는 통과시키지만 다음에는 반드시 호텔예약을 해야 한다. 그러지 않으면 내가 너를 막겠다. 나를 노려보며 I recommend you(나는 충고한다)에서 I warn you(나는 경고한다)로 변한 그의 단호한 어조가 귀에 쟁쟁했다.

뒤늦게 입국심사대를 빠져나오자 '호텔예약'이라고 영어로 쓰인 간판이 보였다. 반가움에 앞서 속은 기분이었다. 그들의 논리대로라면, 후쿠오카에 들어온 외국인은 모두 호텔예약을 마친 상태일 텐데, 그럼 공항 안의 호텔예약창구는 왜 있는 거지? 입국심사대로 다시 돌아가 묻고 싶었다. 내가 한국인이기에 차별대우를 당한 게 아닐까. 내가 미국인이었다면, 단체여행객이었다면, 거짓말로 아무 호텔이름이나 적어냈다면 이런 불상사는 없었으리라. 내가 남과 다르기 때문에 겪는 불편이라 치부하니 불쾌감이 덜했지만, 앙금은 남는다.

내게 달라붙은 모욕감은 그날 오후 이슬비 뿌리는 오호리 공원에서 피운 담배 한 개비로도 날아가지 않았다. 초장부터 어긋나 그런지, 일본에 머무는 동안 나는 늘 그네들의 보이지 않는 시선을 의식했다. 호텔의 접수창구에서, 길거리에서 '강코쿠'(한국인)라는 단어가 어깨에 스치기만 해도 마음이 편치 않았다. 일제로부터 해방된 지 오십 년이 넘었건만, 한일공동 월드컵을 앞두고 화해 분위기가 무르익은 지금, 전후세대인 내가 옛 식민지 백성의 상처받은 자존심으로부터 자유롭지 못하다니, 이게 어인 일인가. 정말 어려운 나라이다.

(중앙일보, 2002년)

# 화장품만 바꾸고

어떤 사람을 알려면 그가 하루 중 가장 많은 시간을 보내는 장소를 가보아라. 그가 오래 머물며 관리하는 공간에는 그 사람만의 독특한 생활질서와 습관이 배어 있다. 그의 글이나 말은 우리를 속일지라도 그의 '방'은 냄새를 풍기게 마련이다. 아무리 쓸고 닦아도 지울 수 없는 생의 흔적이 숨어 있다 우리의 발길을, 눈길을 붙잡는다. 그래서 언젠가 당신의 방에서 나는 그토록 두리번거렸던 것이다. 그토록 열렬히……

한 여자를 알려면 그 여자의 경대를 보아야 한다. 화장대 앞에서 많은 시간을 보내는 여자가 아니더라도, 남자도 거울로부터 자유롭기는 힘들다. 시몬 드 보부아르 같은 유명한 페미니스트도 인생의 어느 순간에는 누구보다 열심히 거울을 보았을 거라고 나는 확신한다.

여자 친구를 새로 사귈 때 나는 묻는다. 어느 화장품을 쓰세요? 날마다 아침저녁으로 그의 얼굴에 닿는 로션은 어느 집에 사는가에 못지않게 그의 인생철학을 말해준다. 피부는 옷보다 정직하다. 겉은 화려해도 뜻밖에 수수한 국산품 애용자가 있는가 하면, 안 그럴 것 같은데 화장품만은 고급 브랜드를 선호하는 사람들도 있다. 젊은 층일수록 해외명품에 집착하는 게 우리의 현실이다.

나로 말할 것 같으면 이도 저도 아닌 짬뽕이다. 국산과 외제, 싸구려와 고급이 마구 섞여 있다. 재작년에 처음 장만한 원목경대 위에 스킨에서 로션, 크림, 자외선차단제에 이르기까지 같은 회사 제품이 하나도 없다는 걸 발견한 날, 거울 속 여자의 입가엔 어느새 주름이 눈에 띄었다. 엉망진창 살아온 지난 날들, 그때그때 때우고 메우며 살아온 주인을 닮은 뒤죽박죽 경대가 지겨워 어느 날 나는 반란을 도모한다. 그동안 거들떠보지도 않던 여성잡지를 뒤적이고 백화점에 간다. 밤새 여성잡지를 고시공부하듯 통독한 내 눈은 충혈되어 있다.

화장품 종류가 왜 이리 많은지. 같은 회사에서도 여러 계열의 제품을 생산하는데다 거의 해마다 철마다 신상품을 내놓는다. 우리나라

화장품의 경우 국산 티를 안 내려 불어나 영어로 브랜드 이름 자체가 바뀌어 소비자의 혼란을 부추긴다. 제품의 '질'에 자신이 있다면 브랜드가 곧 상품이므로 이름을 자주 바꾸지는 않을 텐데, 의심이 들었다. 삼십 개도 넘는 회사에서 영양크림만 서너 개씩 만든다 해도 합하면 백 개도 넘는데 그 가운데 하나를 선택해야 하는, 쇼핑이 내겐 즐거움이 아니라 고역이었다.

물건을 사지도 않고 매장을 구경하는 데만 며칠이 갔다. 주름을 완화시킨다는 크림과 미백 효과가 있다는 화장수를 사며 얼마나 망설였는지. 몇 번인가 샀다가 도로 물렸다. 화장품 값이 너무 비싸서. 내 분수에 맞지 않는 사치를 하고 돌아온 날 밤에 잠이 오지 않았다. 누런 바셀린 크림 한 통으로 온 식구가 겨울을 났던 어린 시절의 기억이 살을 후벼파 과민반응을 일으켰던가. 황사 때문인가. 눈가와 뺨이 심하게 따끔거리며 가려워 피부과를 찾았다. 화장품을 바꾸고 생긴 가려움증을 호소하는 과민한 환자에게 의사는 모공이 넓다며 코의 박피를 권했다. 이건 숫제 병원이 아니라 미용실 아닌가.

화장품만 바꾸었지 결국 나는 나를 바꾸는 데 실패하고 병만 얻었다. 한갓 크림으로, 몇 그램의 물과 기름으로 잃어버린 젊음을 보상하고자 한 나의 어리석음이 부끄러울 따름이다. 참을 수 없는 가려움과

따가움 속에 얻은 교훈 하나. 나이 드는 걸 편안히 받아들이자. 잔인
한 4월이 어서 지나가고, 모래바람 속을 맨얼굴로 다녀도 될 만큼 내
피부가 튼튼해지면 좋겠다. 눈가에 잔주름이 늘어나더라도 내가 순하
게 늙는 지혜를 터득하기를……

(중앙일보, 2002년)

# 이것부터 고치자

월드컵을 맞아 새로 단장한 수원시의 공중화장실을 보여주는 텔레비전 화면을 좇아가며 내 눈은, 우리집 거실보다 깨끗하고 전망이 좋은 창가에 멈췄다. 창밖에 물이 흐르고 푸른 나무가 보이다니. 바로 내가 날마다 잠자리에 누워 꿈꾸던 집의 이미지가 아닌가. 파리의 모로(Moreau) 미술관의 화장실처럼 세월의 흔적이 배인 품격은 없지만, 전망만은 세계 최고일 우리의 뒷간을 보며 뿌듯함과 동시에 씁쓸함이 밀려든다. 도시마다 경쟁적으로 공중변소를 신축하고 꾸미느라 돈도 돈이지만 한바탕 먼지 가루가 도심상공을 배회했으리라. 고용창출 효과는 있겠지만 대기오염은 더 심각해졌을 텐데.

조금만 쓸고 닦고 기워서, 있는 그대로의 우리 모습을 보이면 안 되는 걸까? 지나친 친절처럼 지나친 환경미화도 상대를 불편하게 할 수 있다. 외국 사람들이 우리의 분수에 맞지 않는 호화판 화장실을 보고 과연 어떤 반응을 보일까. 금방 칠한 페인트 냄새가 역겨워 코를 쥐지 않을까. 갑자기 향수를 뿌리고 꽃을 꽂은 화장실이 나는 안쓰럽다. 해방 후 불과 오십 년 만에 서구의 오백 년에 버금가는 격변을 겪은, 자본주의와 근대화를 넘어 정보화사회를 따라가느라 주름진 우리 현대사의 단면을 보는 것 같아서. 크게 돈을 들이지 않아도, 한 나라의 총력을 기울이지 않아도 되는 작은 실천들이 아쉽다. 나는 월드컵이 우리의 냄새나는 변소만 아니라 사회 구석구석을 아름답게 변화시키는, 겉만 치장하는 게 아니라 어수선한 속을 뜯어고치는 계기가 되면 좋겠다.

　해외에 사는 동포가 모국을 방문한다면 대한민국 입국신고서를 제대로 쓸 수 있을지 나는 의심스럽다. 외국을 드나들 때마다 출입국신고서의 빈칸을 채우는 게 내겐 스트레스다. 명색이 작가인 내가 제 이름 석자를 기입하지 못해 쩔쩔맨다. 맨 위에 '한글성명/Surname/姓'을 밝히라 되어 있는데, 성명과 姓은 다른 뜻 아닌가. 성만 써야 할지, 성과 이름을 함께 써야 할지, 한글로 쓸지 한자로 쓸지 헷갈린다. 게다가 바로 옆에 점선이 쳐진 칸에서 '漢字姓名'이 날 노려본다. 도대체 어쩌란 말인가. 한글과 영어 그리고 한자가 겹쳐져 어지럽다. 잠시 망설이다 崔와 泳美를 나눠서 네모 속에 넣자마자 나는 후회한다. 내가 틀리지 않았나? 한자들을 지우고 한글로 바꾼 뒤에 아래 칸으로 내려가는데, 'Given Names'가 날 기다린다. 영어로 이름만 다시 밝히란 말인가? 정말 헷갈린다.

가로세로 십 센티 남짓한 공문서 조각이 날 갖고 노는 것 같다. 귀국 비행기에 앉아 나는 고민한다. 옳은 단어들을 옳은 장소에 집어넣고자, 시 한 편 완성하는 것 못지않게 긴장한다. 삼십 분쯤 지났을까. 생년월일과 여권번호, 입국편명…… 하나라도 틀리지 않으려 눈이 아프다. 마지막으로 서명하려는데, 내 글씨가 국수 가락처럼 풀려 있다. 종잇조각과 씨름하다 지쳐, 검정 볼펜과 교정용 파란 볼펜으로 지우고 다시 쓰느라 만신창이가 된 카드를 팽개친다. 이렇게 지저분한 글씨로 입국을 신고할 수는 없다. 글로 밥을 먹는 내가 아닌가. 대한민국의 전업작가로서 자존심을 살리기 위해 여승무원을 부른다.

그녀가 새로 갖다준 종이에 아무렇게나 이름을 휘갈긴 뒤 눈을 감았다. 해외여행을 시작한 1994년 이후 똑같은 공문서 앞에서 번번이 나는 절망한다. 그래서 제안하고 싶다. 우리나라를 들어오며 처음 마주치는 통과의례인 입국신고서 양식을 누가, 어느 국민이 보아도 이해하기 쉽게 바꾸자. 6월 한 달 우리를 찾을 손님들을 위해서가 아니라 우리 자신을 위해서, 이 땅에 기쁨과 슬픔을 묻고 사는 우리들을 위해서 고칠 게 어디 종잇조각뿐이랴.

(중앙일보, 2002년)

# 우리는 정말 하나인가

얼마 전 상암구장에서 열린 남북축구대회를 직접 관전했었다. 김일성 배지를 단 북한 취재진들과 선수들은 내가 태어나 처음 본 북한 사람들이었다. 외국인들보다 낯선 북녘 동포들을 흘금흘금 훔쳐보며 왠지 가슴이 뛰었다. 경기장에 가기 전까지 한 번도 심각하게 민족을 생각해본 적 없는 개인주의자인 내가 파란 한반도기를 흔드는 관중석의 열기에 물들었던가. 내 자리는 북의 취재진들에서 불과 십 미터도 떨어져 있지 않았는데, 촌스러운 검정 양복들을 의식해 나는 선글라스를 벗었다. 늦여름의 따가운 저녁햇살을 그대로 쬐며 분단의 역사와 내 아버지의 인생유전이 짧게 스쳐지나갔고, 콩 볶듯이 빗발치는 총소리를 들으며 나의 지난 삶 역시 분단에서 자유롭지는 않았다고, 꽤나 감상적인 생각에 젖었다. 대물림한 업보를 헤아리며 내 삶의 우여곡절을 변명하는 그 시간을 나는 즐겼고, 축구를 즐겼고, 이영표의 잽싼 몸동작을 즐겼다. 이북 선수들을 열렬히 환영하는 박수를 치던 그 날, 통일이 멀지 않다는 예감이 들었다. 총칼로도 이루지 못한 통일을 어쩌면 스포츠교류가 해낼지도 모른다고 믿지는 않지만, 둥근 공 하나가 남과 북을 만나게 했다는 단순한 사실이 나는 좋았다. 자주 만나면 정이 들게 마련이다. 6월 한 달 친했던 얼굴들을 우리가 사랑하게 되었듯이. 익숙해지면 언젠가는 하나가 될 수도 있으리라.

지금 부산에선 아시안게임이 열리고 있다. 경기장을 아름답게 수놓은 미인부대들, 북한 여자들이 어떻게 생겼나? 알고파 들여다봐도 그 얼굴이 그 얼굴이다. 똑같은 화장에 흰 모자, 똑같은 응원도구에 통일된 몸짓과 함성을 지르는데 마치 인형 같다. 어딘지 어색한 그 모습에 이 모든 게 연출된 쇼라는 의심을 지울 수 없다. 지난 6월에 세계인의 눈을 사로잡았던 붉은 악마를 의식한 북한 정권의 자기홍보가 아닌지. 그런 구태의연한 발상이 과연 통일에 도움이 될까? 북한응원단을 젊은 미모의 여성들로 채움으로써 김정일 정권은 남한의 독립적인 한 여성작가를 적으로 돌리는 실수를 범했다. 북에서 온 여인들을 탐하는 뜨거운 눈길을 보며 나는 벌써 통일 이후가 걱정된다. 남한의 여성들이 반세기 넘게 투쟁해 얻은 자유와 평등이 북한의 어여쁜 여성들에 의해 밀려나지나 않을지.

일사불란하게 움직이는 모습만 보고 북한 여성들이 남한 여성보다 순종적이라 단정하는 건 잘못일지도 모른다. 하지만 우리는 다르다. 겉만 아니라 속도 다르며 남녀문제에 관한 의식의 차이도 클 것이다. 응원구호를 통일시키고 나아가 체제를 통일시키는 건 오히려 쉬울지도 모른다. 무엇보다 생활정서가 다른, 남과 북이 어울려 사는 건 수많은 문제를 야기하리라. 우리는 아직 하나가 아니다. 하나가 아닌데 무작정 하나라고 외치는 건 위험하며, 진정 하나가 되는 데 결코 도움이 되지 않는다.

(한겨레신문, 2002년)

# 미쳐가는 나라,
망국의 센티멘털리즘

　학생들이 써온 시들은 재미없었다. 컴퓨터로 작성된 글씨체는 크기도 모양도 제각각으로 개성이 돋보였지만, 그 속에 담긴 정서는 엇비슷했다. 화려한 수사의 나열이거나 값싼 감상의 토로가 대부분으로 젊은이 특유의 치열한 고민이나 현실과의 대결의식이 엿보이지 않았다. 논리도 의미도 실종된 느낌과 생각의 편린일 뿐, 수업 첫날 날 설레게 했던 젊음의 발랄한 생기가 만져지지 않았다.

　나는 실망했다. 언젠가 내가 섬진강의 초등학교 교실에서 본 아이들의 시들도 이보단 훌륭하리라. 지금 내가 '시창작론'을 가르치는 국문과 대학생들의 어설프게 세련된 작품보다 코흘리개들이 아무렇게

나 끄적인 일기가 힘 있고, 비유가 살아 있었다. 그러나 나는 우리 학생들을 탓하고 싶지 않다. 수업을 듣는 그네들의 순수한 모습과 그들의 글에 담긴 진부한 감성의 모순을, 요즘 젊은이들을 이해하려면 텔레비전 광고를 보면 된다. 도무지 앞뒤가 맞지 않는 장면, 말도 안 되는 문구들이 눈과 귀를 어지럽힌다. 문장도 아닌 엉터리 언어조합들. 화면은 또 얼마나 자주 바뀌는지…… 시력을 해칠까 걱정된다. 정말 자신 있다면 하나라도 길게 보여줄 텐데.

광고는 한 나라의 문화수준을 재는 척도이다. 시대를 대변하는 감성에도 이유가 있어야 하는데, 우리의 지하철과 텔레비전에는 이유 없는 끼만 가득하다. 그보다 더 유치한 광고는 세계 어디서도 찾아볼 수 없으리. '대한민국은 변하고 있습니다'와 '난 자신 있어요'가 요즘 유행어다. 뭐가 그렇게 자신 있는데? 뭐가 달라졌는데?

나는 학생들의 시보다 그들을 겨냥해 만든 얄팍한 광고에 더 분개했다. 그들을 찰나적인 자극의 노예로 만든 광고와 TV 프로그램이 더 문제라고 생각한다. 월드컵 4강 이후 대한민국을 지배한 터무니없는 자신감과 센티멘털리즘(sentimentalism)이 우리 젊은이들을 망쳤다. 없는 욕망도 만들어내는 탐욕스런 자본과 젊은 피에 기댄 무책임한 정치판이 머리는 없고 가슴만 있는 감성기계를 양산했다. 인터넷과 휴대전화가 없으면 하루도 생존할 수 없는 아이들.

지성이 밑받침되지 않는 감상은 건전한 비판의식을 잠재우는 마취제이다. 이 천박한 몸짓과 시끄러움, 알맹이는 없고 넘치는 거품에 더럽혀진 눈과 귀를 어떻게 씻어내야 할지. 하나의 색깔만이 강요되던 시대에서 다양한 색의 시대로 옮겨가는 과도기의 현상이라고, 오랜 식민과 군부독재의 터널을 통과해 비로소 자유의 빛을 쬐고 이제 막 먹고살 만한 한국민들의 여유와 자기확인이라 보기엔 도취의 정도가 심하다. 아무 이유 없는 도취는 아무 이유 없는 살인으로 이어져, 길거리에서 마주친 아이를 때려죽인다.

콤플렉스에 기초한 자신 과잉은 나라의 국정을 책임지는 대통령의 언행에서도 그대로 드러난다. 내가 보기에 그는 자신의 치수에 맞지 않는 큰 옷을 입은 사람이다. 뜻밖의 선물을 받은 지 벌써 일 년이 다 돼 가는데 그는 아직도 예복을 걸치는 법을 몰라 쩔쩔매고 있다. 그러나 안타깝게도 우리에겐 대안이 없다. 그를 사랑해서가 아니라, 그가 아닌 다른 후보들은 더 찌그러지고 부족해 보여 그를 선택했던 유권자의 한 사람으로서, 재신임정국을 보는 심정이 참담하다. 지금 이 나라는 정치가에게만 맡겨두기엔 위험할 만치 표류하고 있다.

왜 나를 욕하냐, 며 기회만 있으면 칼날을 세우는 대통령도 보기 싫고, 전두환-노태우에 비하면 별것도 아닌 측근비리를 갖고 사사건건

트집을 잡는 야당과 일부 언론의 억지도 보기 싫다. 그러나 이렇게 싸잡아 비난하기엔 우리를 에워싼 현실이 무겁고 냉엄하다. 지역구도에서 계급구도로 권력이 재편되는 과도기에 일어난 일시적 혼란이라고 말하기엔 정치판이 너무 어수선하다. 그래서 나처럼 정치세계와 담을 쌓고 사는 한갓 게으른 전직시인이라도 이렇게 나서서 떠들 수밖에. 당신들. 그만 싸워. 같이 망하지 않으려면!

(중앙일보, 2003년)

# 나도 이 나라를 떠나고 싶다

　결국 아파트는 사지 못하고 『아파트 백과』만 샀다. 수도권 아파트의 모든 설계도면과 동별 배치도, 준공연도 등 상세한 정보를 담은 백과사전을 샅샅이 뒤지며, 어느 단지가 좋을까? 눈이 벌겋게 충혈되어도 나는 행복하다.

　잠들기 전에 머릿속으로 내 집을 그린다. 벽지와 바닥재를 고르고 가구를 집어넣다 뺐다 날마다 가구배치를 바꾸며, 나는 꿈꾼다. 내 키에 맞는 싱크대와 세면대가 있으면 얼마나 편할까. 월요일마다 주간 부동산시세를 꼼꼼히 살피며 관련기사를 가위로 오린다. 선진문화창달에 힘써야 할 작가가 글은 쓰지 않고 숫자들을 더하고 빼며 '힘'을 빼고 있으니. 이 얼마나 국가적 낭비인가. 대한민국에 불고 있는 아파트 광풍은 단지 돈의 문제만이 아니다. 해마다 되풀이되는 부동산투기와, 투기를 잡겠다는(?) 정부의 선심성 정책에 들어가는 천문학적인 시간과 정열을 합한다면, 지구를 옮기고도 남으리라.

　내가 전세로 사는 아파트 뒤의 중학교 운동장에서 들려오는 '전체 차렷! 열중 쉬어'가 신경을 건드릴 때마다 울화통이 터진다.
　왜 줄을 똑바로 서야 하지?
　학원이 군대병영인가?
　이십 년 전 필자의 학창 시절과 크게 다르지 않은 풍경을 목격하곤 아이들이 가엾었다.
　앉아, 일어서.
　고막을 찢는 마이크 소리에 수저를 놓을 때마다 나는 결심한다. 이 놈의 소리를 안 듣기 위해서라도 어서 이사 가야지. 바퀴 소리와 학교의 소음에서 떨어진 조용한 동네에, 낮에 형광등을 켜고 작업하지 않아도 되는 남향집을 내 기어이 사고야 말 테다.
　그래서 무리를 해서라도 아파트를 장만하려 덤볐는데, 중도금을 마련 못 해 이번에도 실패했다. 내게는 단돈 천만원도, 백원도 대출해줄 수 없다는 창구직원의 말을 들으며 그동안 내가 헛살지 않았나, 자괴감이 들었다. 병원을 개업하려는 동생에겐 은행들이 돈을 서로 주겠다고 줄을 섰다는데…… 중도금이 있어야 집을 구입하는 세상의 이치를 몰랐던 내가, 시인을 직업으로 삼은 자신이 한심했다. 딱, 십 년만 젊다면 직업을 바꾸고 언어를 바꾸고 새 인생을 개척하련만……

내가 이 나라를 떠나고픈 이유는 또 있다. 신호등을 건너며 나는 불안하다. 파란불이 빨간불로 바뀔까봐 종종걸음 치는 보행자를 뒤에서 욕하며 빵빵대는 차들도 있다. 이미 사십대에 돌입한 몸이 따라가기에는 신호가 너무 짧다. 사람보다 차가 우선인 교통문화를 속으로 실컷 비판하는데, 불쑥 애완견이 나타나 진로를 방해한다. 기다란 개줄에 걸려 넘어지지 않으려 요리조리 피해다니느라 상념이 달아났다. 그런데 인형도 아닌 개한테 왜 옷을 입히지? 졸부들이 많은 신도시는 서울보다 유행에 민감해. 백 미터 못 가 애견센터가 성업중이다. 우월한 신분을 증명하기 위해 골프로는 부족하단 말인가.
나는 타인의 취향에 대해 간섭하고 싶지 않지만, 이것 하나만은 묻고 싶다. 왜 대한민국 고소득자들의 취미는 한결같이 골프인가. 어떻게 모든 기업인과 정치인, 판검사와 의사, 그리고 연예인들의 취미가 똑같을 수 있나? 누구는 골프를 치더라도 누구는 스케이트를 탄다거나 누구는 산책을 즐기지 않는 이유가 나는 궁금하다.

내 원고를 무단으로 고쳐 실은 한겨레신문사 편집부와 피터지게 싸운 뒤에, 나는 간판을 내리고 싶다. 나는 김완선만큼은 못하지만 이선희보다 춤을 잘 추고, 차범근만큼은 못하나 신문선보다는 축구해설을 잘할 수 있는데, 그런데 왜 가수가 아니고, 스포츠해설가가 아니고, 작가가 되었던가.

하느님. 24평 계단식 아파트를 제게 허락하지 않으시렵니까. 네? 꿈이 크다고요? 기다려도 노력해도 당신의 응답이 없으시면, 저는 이 나라를 떠나렵니다. 미련 없이.

(중앙일보, 2003년)

# 인생은 어렵지만 하루는 쉽다

　　교육, 하면 대입제도부터 떠올리는 발상 자체가 대학에 죽고 사는 병이 깊다는 증거이다. 유아교육부터 바로잡아야 대학이 산다. 다섯 살 된 조카가 이모보다 바빠, 아이를 만나려면 일주일 전에 약속을 잡아야 하는 현실을 개혁하지 않는 한, 우리의 미래는 어둡다.

　　나는 요즘 TV에서 펼치는 국민교양운동에 회의적이다. 독서프로그램에서 추천하는 똑같은 책을 읽고 자란 아이들이, 똑같은 생각을 하는 어른이 될까봐. 우리가 꼭 읽어야 할 책은 없다. 우리가 꼭 알아야 할 우리 꽃은 없다. 지가 좋아서 하면 그만이지. 다섯 살부터 대학진학에 이르기까지, 자신이 무엇을 원하는지 알기 전에 선택을 강요당하는 모순을 고쳐야 한다. 외부에서 주입된 창의력은 개성을 키우기는커녕 개성을 죽인다는 이치를 어떻게 내 동생에게, 이 땅의 학부모들에게 이해시킬지.

오늘 새벽에 잠에서 깨어날 때, 내 머리와 가슴은 교육문제라든가 앞으로 펼쳐질 나의 어지러운 일상보다는 좀더 고상한 고민을 품었다. 블레이크(W. Blake). 인천의 대학에서 시간강사를 하느라 다시 읽게 된 산업혁명기 영국 시인의 단상을 곱씹었다.

"모든 정직한 사람은 다 예언자이다. 그는 개인적인 일에서나 공적인 일에서나 자기 의견을 서슴없이 말한다. 따라서 이러저러하게 하면 이러저러한 결과가 될 것이다, 라고 말하지 그는 결코 여러분이 어떻게 하든지 상관없이 이러저러한 일이 반드시 일어날 것이라고 말하지 않는다."

"인간을 파멸시키려거든 첫째로 예술을 파멸시켜라. 가장 졸작에 제일 높은 값을 주고, 뛰어난 것을 천하게 하라."

그때나 지금이나 변하지 않은 세상을 어떻게 살아내야 할지……

인생은 어렵지만 하루는 쉽다. 이런저런 고민할 틈 없이 하루는 막상 뚜껑을 열자마자 순식간에 달려들어 나를 산산조각냈다. 재방송되는 세계청소년축구대회를 켜놓고 물을 끓이며, 부엌에서 일하다 말고 '슛—골인' 소리에 텔레비전 있는 곳으로 뛰어간다. 이겼지만 나는 독일과의 경기내용이 마음에 들지 않았다. 골을 넣은 뒤인데도 상대편이 중앙선만 넘으면 무조건 공을 차내기 바쁜 우리 선수들의 모습은 월드컵 이전의 마구잡이 한국축구를 연상시켰다. 우리는 경기 내내 미드필드에서 독일에 밀렸으며, 주고받는 공의 연결도 정확하지 못했다. 어린 선수들이라 그런지 흥분을 제어하지 못하고, 어렵게 뺏은 공을 너무 쉽게 다시 빼앗기는 실수가 잦았다. 그렇지만 투지와 정신력만은 우리가 독일에 앞섰다.

아침밥을 뜨자마자 설거지를 하고 세탁기를 돌리고 집을 나섰다. 문구점에서 서류를 복사한 뒤 오늘의 가장 큰 과제를 이행하기 위해 종종걸음 친다. 컴컴한 PC방에서 새 이메일주소를 만들고, 가까운 지인들에게 바뀐 주소를 통보하는 편지를 한글과 영문으로 작성해 보내는 데만 두 시간이 걸렸다. 배가 고팠지만 참고 서울행 버스를 탔다. 교직원 식당에서 늦은 점심을 먹다 서류상의 내 이름 영문철자가 잘못되었다는 사실을 발견해, 졸업증명서를 다시 뗐다. 백화점에서 내가 좋아하는 치즈와 치즈케이크를 사 들고 집으로 돌아오니 벌써 4시가 넘었다. 응답기에 녹음된 메시지를 듣고 전화를 몇 번 걸고 받고 나니 해가 뉘엿뉘엿. 다시 옷을 걸치고 슈퍼에 가서 쓰레기봉투를 생선을 달걀을 사고 저녁상을 차리고 치우고, 빨래를 널고 세수하고…… 포도주를 한잔 따라 마시는데 허무가 밀려든다. 글 한 줄 끄적이지 못하고 여느 날보다 부산했던 하루를 보내며 밤늦게 시를 찾는다.

세상의 모든 것은 다 부서지고 말았다……
제발, 나를 이 벌판 속에 홀로 홀로 울게 내버려다오.

아! 외마디 비명 속에 생을 마감했던 로르카(Garcia Lorca)의 탄식이 가슴을 저민다. 그처럼 홀로 울 수 있는 벌판이 이 지구상에 남아 있을까?

(중앙일보, 2003년)

# 휴대전화 좀 빌려주실래요?

　자연으로 돌아가겠다, 문명의 이기를 거부하겠다는 무슨 투철한 신
념에서가 아니라 순전히 생활상의 편의에서 나는 그것들을 포기했다.
굳이 만나지 않아도 될 사람을, 때와 장소를 가리지 않고 연결해주는
이동통신 때문에 마지못해 접촉하는 번거로움이 여러 차례 반복된 뒤
나는 휴대전화를 없앴다. 나는 분초를 다투는 사업을 하는 사람도 아
니고 자주 연락하는 친구도 드물다. 벨이 울려 나와 아무 관계 없는
광고를 받는 고역을 치르고 나면 참을 수 없이 기분이 구겨져 내 언젠
가 너를 버리리라, 별렀었다. 아무리 정보화 시대라지만 내가 원하지
않는 정보를 거부할 권리가, 원하지 않는 타인들과의 소통을 거부할
권리가 내게 있지 않을까.

휴대전화 단말기에서 나오는 전자파가 몸에 해롭다는 보도를 접한 뒤에 나는 결심했다. 녹음된 전언을 듣는 용도로만 쓰던 일방통행용 도구를 없앤다고 당장 아쉬울 게 없었고, 다달이 내는 통신요금을 절약하면 맛있는 음식이나 음악으로 나를 더 행복하게 해줄 수 있다는 게 내 계산이었다.

내가 원해서 이동통신을 멀리한 얼마 뒤에, 최근에 우리집 컴퓨터에 이상이 생겨 나의 의지와 상관없이 인터넷 연결이 끊겼다. 접속불량을 알면서도 노트북을 열면 습관적으로 바탕화면에서 낯익은 아이콘을 눌러대는 검지손가락을 보다 못해, 어느 날 마침내 용기를 내어 '인터넷 탐사기'를 휴지통에 버리고 노트북으로 들어가는 선을 떼어냈다.

그리고 나는 우리 동네의 PC방을 드나들었다. 그곳의 컴퓨터가 정보처리 속도도 빠르고 안전하며 이용료도 저렴했다. 실내가 어둡고 공기가 탁하다는 문제만 해결된다면 나처럼 일주일에 한두 번 전자우편함을 열어보는 사람에게는 그야말로 딱, 안성맞춤이었다.

네모난 상자 속에 총천연색이 명멸하고, 그 앞에 앉은 사람의 얼굴도 나이도 성별도 분간할 수 없이 캄캄하다. 밖은 대낮인데……

"왜 이렇게 어두워요?"

나의 쉬운 질문에 PC방의 관리자인 남자는 "현대인은 혼자 게임에 몰두하기 위해 밀폐된 공간과 어둠을 선호한다"는 무지 어렵고 철학적인 답변으로 나를 놀래켰다. 내가 작가인 줄 알고 일부러 문자를 썼나? 금연구역이라고 써붙였는데도 아랑곳 않고 담배를 피우는 청소년들을 피해 이리저리 옮겨 다니다 맘에 드는 자리를 발견했다. 어둡기는 마찬가지지만 앞뒤가 트이고 공기가 비교적 청정했다.

가끔 휴대전화가 아쉽다. 옛날에는 삼십 분쯤 늦는 건 큰일이 아니었는데, 휴대전화가 보편화된 지금은 십 분만 늦어도 늦는다고 미리 알려줘야 한다. 상대를 무시하는 사람이 되고 싶지 않아, 약속시간에 맞추지 못하면 서울로 행차하는 버스에서 전철에서 나는 좌불안석 초조하다. 급하면 주위를 두리번거리다 옆자리의 승객에게 말을 붙인다. "저— 죄송하지만 휴대전화 좀 빌려주실래요? 제가 요금 드릴게요."

내가 늘 성공했을까? 나의 뻔뻔스런 청탁은 (독자 여러분의 예상과 어긋나게) 여태 한 번도 거절당한 적이 없다. 언제나 누군가 나를 도와주었다. 내게 기꺼이 자신의 단말기를 건넸던 그들 중 누구도 내가 내미는 동전을 받으려 하지 않았다. 물론 눈치 없이 아무한테나 손을 벌리지는 않았다. 내 부탁을 거절하지 않을 승객, 인상 좋은 젊은 언니만 골랐다. 그것도 한두 번이지 팔자에 없는 동냥이 즐겁지는 않아, 타인의 체취가 배인 미지근한 기계를 내 귀에 대는 일이 께름칙해 요즘 나는 분명한 용건이 없으면 외출을 삼가고, 시간이 정해진 약속 자체를 꺼린다.

휴대전화와 인터넷에 속박되어 쓸데없이 낭비하는 시간은 줄었지만, 오롯이 내 것이 된 하루하루를 얼마나 생산적으로 활용했는지? 부끄럽다. 약간의 불편과 잡음은 있었으나 큰 탈 없이 한 해를 보냈다는 데 그나마 위안을 삼아야겠다. 오늘까지 저를 살려주신 하느님. 감사합니다.

(중앙일보, 2003년)

# 보고 싶은 S에게

　S야. 네 이름 불러보기 정말 오랜만이구나. 우리 못 만난 지 벌써 십 년이 다 되어가. 이 방송을 네가 들을 확률은 우리가 길거리에서 어쩌다 마주칠 확률보다 클 것 같아, 부끄러움을 무릅쓰고 라디오 전파를 통해 네게 엽서를 띄우기로 결심했단다. 행여 네가 무심코 라디오를 틀어 내 편지를 듣고 그래서 우리가 다시 만난다면 얼마나 좋겠니.

　여름이었던가. 서울 서소문의 어느 은행 앞이었지. 대학을 졸업한 뒤 한참 연락이 끊겼던 너를 길에서 우연히 만났었지. 얼마나 반가웠던지. 우리는 손을 잡고 근처의 카페에 들어가 한참 이야기꽃을 피웠지. 그동안 무얼 하고 살았는지, 십여 년을 단 두어 시간으로 정리해 서로 주고받았지. 너는 결혼해 아이가 딸려 있었고, 앞으로 대학원에 들어가 신학공부를 하고 싶다고 했지. 그때까지도 방황하는 청춘이었던 나는 무슨 이야기를 했는지. 글쓰기에 대한 나의 내밀한 욕망을 드러냈던가. 좌절한 연애사건을 곱씹으며 너의 위로를 바랐던가. 그 뒤 한번 더 우리는 만났지. 네가 우리집, 평창동 옛집 앞의 언덕길을 아이와 함께 내려가고 내가 배웅하는 그림이 내 머릿속에 각인된 걸 보면 아마도 내가 등단하기 전, 부모님과 함께 생활하던 때였지.

그리고 한두 번 전화를 주고받다 연락이 끊긴 건 내 책임이 크다. 내가 부모님 집을 나오고 시집을 출판하면서 우리는 연락이 뜸해졌지. 『서른, 잔치는 끝났다』로 내 인생이 뒤집어지면서 나는 전화번호를 수시로 바꾸고 이사도 여러 번 했단다. 새로 전화번호를 바꿀 때마다 나는 네게 미처 알리지 못했고, 그래서 너는 내게 연락하고 싶어도 할 수가 없었을 거야. 문득 어느 날 옛 수첩을 뒤져 전화했는데, 너 또한 이사했는지 다른 사람이 받더라.

S, 그리운 내 친구야. 요즘 들어 부쩍 너를 생각한다. 너의 환한 미소…… 참. 너는 누구보다 순수한 사람이었지. 입가와 눈가의 모든 근육을 움직이는, 너의 맑게 뻗어나가는 웃음은 아주 예뻤지. 잇몸을 드

러내며 웃는 나 못지않게 촌스럽고(?) 생기발랄했지. 그처럼 완전한 천진의 표상을, 성인이 되어 만난 어떤 친구의 얼굴에서도 나는 보지 못했다.

우리는 둘 다 잘 웃고, 놀기 좋아하고, 무엇보다 맛난 걸 무지 밝혔지. 너의 집 2층에서 밤늦게 함께 공부하다 먹던 카스텔라가 생각나 입 안에 침이 고인다. 넌 먹는 모습도 남달랐지. 같은 음식이라도 정말 맛있게 먹었지. 네가 카스텔라나 다른 주전부리를 입에 넣고 야무지게 씹는 모습을 보면 나도 덩달아 식욕이 솟구쳐 이미 배가 부른데도 접시에 손을 뻗었지. 과외공부가 지겨워지면 우리는 '나 어떡해'를 흥얼거리며, 앞뒤로 서서 다이아몬드 스텝을 밟으며 격렬하게 몸을 흔들었지. (너의 춤사위가 나보다 그럴듯했지.) 코앞에 닥친 대학입시 외에는 아무런 근심 없던 그때가 우리 인생에서 가장 행복했던 시기임을 우리는 왜 몰랐던가.

S야. 우리 만나서 그간의 회포를 풀자. 나이가 들수록 새록새록 옛 친구가 그리워. 말이 없어도 눈빛만으로 통하고, 무슨 말을 해도 받아주고, 십 년 만에 만나도 어제 같은 소중한 친구를 내 잘못으로 잃었다는 생각을 하면 가끔 견딜 수가 없어.

너 지금 어디 있니? 어떻게 사니? 아이 잘 크고 부모님 무사하시니? S야. 우리 꼭 다시 만나자. 내일, 그러니까 2003년 1월 23일 목요일 낮 12시에 서울 인사동 크라운제과에서 인문대 80학번 여학생 모임이 있는데, 너 무조건 나와야 돼. 진화와 은주도 너 보고 싶어해. 아무도 네 연락처를 몰라 연락 못 했어. 네가 바쁘면, 정 못 나올 사정이 있으면 다른 사람 통해 소식이라도 전해주렴. 크라운제과로 그 시간에 전화하든가 메모판에 메모를 남겨. 제과점 앞에서 12시에 만나 근처의 식당으로 옮길 예정인데, 늦더라도 꼭 나와라. 나 너 기다릴게. 영원히⋯⋯ 최영미는 S를 사랑하니까.

(라디오 〈손숙, 배기완의 아름다운 세상〉,<br>2003년 1월 22일)

---

＊ 라디오 방송을 통해 헤어진 친구를 찾는 사연을 내보내고 2년 뒤, 인터넷에 뜬 편지가 계기가 되어 나는 드디어 S를 다시 만났다.

# 이인호 선생님

내가 대학에 입학했던 1980년, 관악캠퍼스는 남자들 세상이었다. 전체 여학생의 비율이 남학생의 10퍼센트에 불과했고(내가 속한 인문계열 1학년을 통틀어 여학생이 20명도 안 되었다) 여자교수는 더욱 드물었다. 내가 수강신청한 교과목을 가르치는 교수들은 공교롭게도 모두 남성이었고, 그래서 나는 1980년 어느 가을날까지 여교수를 가까이 본 적이 없었다. 대학의 강의실에서 여성의 목소리가 어떻게 울려퍼지는지, 여성과 교수의 조합이 대체 어떤 이미지로 내 앞에 전개될지 알지 못했다.

그날을 나는 분명히 기억한다. 광주항쟁으로 닫혔던 교문이 다시 열린 뒤 몇 달이 지나지 않아, 2학기 축제기간에 개교기념 학술행사의 하나로 기획된 심포지엄을 청강하며 이인호 선생님을 처음 보았다. 말이 '축제'이지 교내에 전경이 상주하는 삼엄한 상황에서 어떤 놀이도 토론도 자유로울 수 없었다. 신입생들도 선배들의 영향을 받아 대학 측에서 초대한 대중가수의 콘서트 같은 '반동적인' 프로그램들을 거부하고, 심각한 학술발표회에 참여하는 것으로 불온한 시대에 대한 우리의 거부감을 표현하며 동시에 젊음의 왕성한 지적 호기심을 어느 정도 만족시킬 수 있었다.

서울대에 부임한 지 얼마 되지 않았는데도 벌써 여학생들 사이에 '미국의 유명대학을 우등으로 졸업한 똑똑한 여자교수님'에 대한 소문이 파다했다. 그래서 1학년 여학생의 대다수가 이인호 선생님의 말씀을 들으러 우르르 심포지엄이 열린다는 학생회관으로 몰려갔다. 나와 가까웠던 누군가의 충동으로, '러시아'라는 주제와 여교수에 대한 관심으로 나도 3층의 어느 회의실에 들어가, 벌써부터 운집한 청중을 제치고 한구석을 차지했다. 앉을 자리가 없어 서 있거나 맨바닥에 신문지를 깔고 앉은 남자애들도 있었다.

아직 운동권에 포섭되지 않았던 스무 살의 어린 머리로는 도저히 이해할 수 없었던 2단계 혁명론. '멘셰비키' '볼셰비키'니 하는 어마어마한 단어들을 애써 머릿속에 주워 담던 나의 모습이, 우중충한 창밖의 풍경과 더불어 어제의 일처럼 떠오른다.

　그날 내 옆에 누가 있었는지, 동행했던 벗들의 얼굴을 나는 잊었다. 딱딱한 심포지엄도, 러시아 지성사의 붉은 페이지들도 속절없는 세월에 바래졌으나, 선생님의 목소리만은 또렷하게 뇌리에 각인되었다. 내가 그때까지 들어보지 못한 목소리였다. 내 어머니의 '밥 먹어라' '이제 들어오니' '빨리 자라' 같은 일상적인 언어들과 집 안에서만 울리는 순종적인 목소리에 익숙하던 내게, 마이크를 타고 드넓은 강당을 휘어잡는 여자교수의 건조한 음성이 무척 낯설면서도 도발적이었다. 여성성이 도드라지지 않는 중성적인 소리에 실려, 도도한 파도처럼 밀려드는 외래의 사상과 개념들을 나는 미처 따라잡을 수 없었다.

　어떻게 저런 어려운 말들을 하나도 더듬지 않고, 역사니 혁명이니 하는 심각한 단어들이 여성의 몸에서 나올 수 있을까? 선생님의 강연은 내게 하나의 충격이었으며, 새로운 시대를 여는 세례와도 같았다. 적극적으로 자신을 표현하는 태도에 반해 '나도 저 선생님처럼 되고 싶다. 나만의 당당한 목소리를 내고 싶다'는 막연한 바램이 솟았다. 내가 대학에 입학해 나의 앞날에 대해 품었던 최초의 구체적인 욕망이 아니었는지. 선생님이 나처럼 여자였기에, 스무 살의 나에게 강렬한 영감을 주었으리라. 강의실에서, 휴게실에서 여학생끼리 모이면 이인호 교수님이 곧잘 화제에 올랐다.

내 뇌세포에 저장되었던 분명한 목소리는 결정적인 순간에 나를 인도했다. 당시에는 계열별로 입학해 교양과정 일 년을 수강한 뒤에 전공학과를 정했다. 제1지망으로 독문학을 쓸까 서양사를 쓸까, 문학인가 역사인가를 놓고 나는 마지막 순간까지 고민했다. 1학년 학점이 낮은데다(독문학과의 커트라인이 높을까봐 걱정했는데, 과배정이 끝나자 서양사학과의 경쟁이 더욱 치열했다고 들었다) '러시아'와 '지성'을 말했던 선생님의 얼굴이 아른거려, 나는 서양사학과를 선택했다.

추억의 교정에 스물하고도 다섯번째의 가을이 피었다 지고, 혁명도 자유도 진부해진 중년의 거실에 웅크려 나는 곰곰이 곱씹어본다. 혁명이란 단어가 나올 때마다 전율했던 가을날 오후, 이미 내 생의 방향이 정해진 게 아니었을까. 내가 그날 심포지엄에 참석하지 않았다면 인생이 다르게 흘러갔을까. 러시아혁명사를 배우려 서양사를 전공으로 택하지 않았다면, 역사와 철학의 본거지였던 5동이 아니라 어문계열이 몰린 2동에서 왔다갔다했다면……

2학년에 진학했지만 학과공부는 뒷전으로 밀려났다. 교실 뒤편에 앉아 선생님의 강의를 들었지만, 앞서 언급한 심포지엄에서의 첫 만남에서처럼 선생님의 말씀이 쏙쏙 크게 울리지 않았다. 이미 선배들이 주입시킨 의식화교육의 영향으로 잔뜩 바람이 들어가, 오만해진 머리에는 역사수업과 무관한 오만가지 상념이 또아리를 틀었다. 학내 시위가 며칠 간격으로 터져 어수선하던 어느 날 영어로 진행되었던 서양현대사 수업은 특별했다. 이인호 선생님이 초빙해 한국의 강의실에 나타난 저명한 외국학자에게 수줍은 여학생은 손을 들어 질문할 용기는 없었지만, 학문적 열기가 무엇인지 체험했던 의미 있는 시간이었다.

1980년대에 한국에서 국립대학의 교수라는 직책은, 급진적 사회변혁을 꿈꾸는 학생운동의 진원지였던 서울대의 교수자리는 결코 편한 방석이 아니었다. 교수도 학생도 학문에 정진하기 어려운 상황에서 당신은 어떻게든 학생들을 지식의 바다로 인도하려 최선을 다했다. 학과생들이 관련된 굵직굵직한 시국사건이 터질 때마다 멀찌감치 물러나 사태를 관망하지 않고 제자들을 보호하는 일에 적극적으로 나섰다.

이인호 선생님은 서양사학과 80학번인 나뿐 아니라, 모든 학년의 여학생들을 전담하는 지도교수였다. 언제이던가 연구실에서 지도교수와 학생 간의 의례적인 면담을 마치며 슬쩍 선생님의 발을 쳐다본 적이 있다. 굽이 없는 편한 구두에 양말을 신지 않은 맨발이 무척 시원해 보였고, 그래서 다음부터 나도 선생님을 흉내내어 여름에는 랜드로바 밑에 스타킹을 신지 않았다.

패션을 따라 했을 뿐 대학을 졸업하기까지 나는 내가 흠모하던 선생님과 어떤 각별한 인연을 만들지 못했다. 학내시위에 휩쓸려 무기정학을 받은 뒤, 나는 전공공부와는 담을 쌓고 지냈고, 학교에서 쫓겨나 선생님들을 접촉할 기회도 차단되었다. 복학한 뒤 겨울이었나. 학기가 끝날 즈음 이인호 선생님께서 당신의 강의를 들었던 학생들 전부를 저녁식사에 초대하는 일대 '사건'이 있었다. 80년대의 특수한 학내사정상 교수와 학생의 관계는 서먹서먹하면 다행이었는데, 교수님이 학생들을 자택에 초대하다니. 그래서 우리는 난생처음 스승의 집안에 들어가서, 선생님이 준비한 요리를 맛보는 특권을 누렸다.

　청량리 외곽의 아담한 주택. 일층 거실에 한 상 가득 차려진 음식들은, 촌스러운 우리의 배에 들어가기에는 과분한 요리였다. 맛은 물론 모양과 색이 어우러진, 반찬을 담은 그릇들에 이르기까지 어디 하나 빠지지 않는, 예술에 가까운 밥상이었다. (지금도 나는 선생님 집을 방문할 때마다 창의적인 식탁과 편리한 부엌살림에 감탄하곤 한다.)
　접시를 나르는 선생님의 발목까지 내려오는 러시아 민속치마의 화사함에 시선을 빼앗겨 내가 놓칠 뻔한 장면. 제자들을 위해 친히 따뜻한 음식을 장만한 스승의 정성에 감사하기에 앞서, 철없던 일행 중의 누군가 경직된 말투로 서구적인 상차림에 대해 무어라 시비를 걸었다. 밥상머리에 잠시 긴장이 감돌았지만, 선생님의 의연한 대처로 무리 없이 넘어갔다.

선생님 집을 나와 갑자기 추워진 골목길에서 담배를 하나씩 나눠 피우고 우리는 뿔뿔이 헤어졌다. 나의 학창시절에 드문 낭만적인 장면이었다고, 그날 밤을 그리워하는 건, 아마도 내가 남학생들과 어울려 학생인 우리의 본분에 맞게, 우리가 있어 마땅한 자리에서 젊은 열기를 방출했기 때문이리라.

대학을 졸업한 1985년 여름 이후 한동안 나는 이인호 선생님의 소식을 듣지 못했다. 선생님은 물론 대학과 관계된 거의 모든 사람들, 학교에 남아 공부를 계속하는 동창생들하고도 연락을 끊고 살았다. 가까이 지내지는 않았지만, 내가 분명히 의식하지는 못했지만, 선생님은 내 인생의 가장 암울했던 시기에 나를 버티는 하나의 지주가 아니었던가. 당신의 선례가 있었기에 이혼이라는 사생활의 곡절을 내가 그런대로 의연히 감당했던 게 아닐까. 단절되었던 사제의 인연은 시대를 넘어, 학교 밖에서 다시 이어졌다.

먼 길을 돌아 결국 나는 전공인 역사가 아니라 문학을 본업으로 삼는 작가가 되었다. 유럽기행문 『시대의 우울』의 출간을 앞두고 누구에게 추천의 글을 부탁할까 고민하던 나는 대한민국 역사상 최초의 여성대사로 임명된 옛 스승을 떠올렸다. 학교를 떠난 뒤 십 년이 넘도록 아무 연락도 없다가 느닷없이 원고 더미를 보내며 추천사를 부탁하는 제자를 선생님은 내치지 않으셨다. 공무로 바쁜 와중에도 선생님은 까마득한 제자의 산문을 읽고 반짝거리는 글을 보내주셨다. 유려한 문장을 보고 또 보다, 야심한 시각에 친구들에게 전화해 쉼표와 마침표까지 일일이 불러주며 흐뭇해했다. 출판사를 통해 받은 당신의 영혼이 실린 팩스종이는 선생님과 내가 훗날 교환한 엽서들과 함께 내 서랍 속에 고이 모셔져 있다.

신간 촌평과 더불어 선생님은 장문의 편지를 보냈는데, 그 편지로 말미암아 당시 감옥에 수감중이던 서양사학과 후배 황인욱과의 교류가 시작되었다. 선생님의 간곡한 뜻에 따라 나는 『서른, 잔치는 끝났다』를 비롯한 몇 권의 교양서적들을 교도소에 보내고 인욱을 위해 계간 『창작과비평』의 정기구독을 신청했다. 이인호 선생님과 나, 그리고 황인욱—세 사람의 만남은 인욱의 석방을 촉구하는 탄원운동으로 이어졌고, 동문들의 도움으로 마침내 특별사면이라는 보람찬 결실을 맺었다. 선생님이 내게 딱히 어떤 거창한 가르침을 전수해서가 아니라, 남을 도와줄 때는 확실히 도와주는 당신을 보며, 나 또한 베풀며 사는 삶의 미덕을 스스로 터득했다.
　『시대의 우울』이 출판되자마자 발행일로부터 열흘도 되지 않아, 하루라도 빨리 선생님을 뵙고 책을 드리고 싶어 핀란드로 날아갔다. 1998년 6월 6일 오후, 헬싱키의 한국대사관저에서 나는 선생님과 12년 만에 재회했다.

　핀란드 대사에 이어 러시아 대사의 임기를 성공리에 마치고, 외교일선에서 은퇴한 뒤에도 선생님은 일을 놓지 않았다. 국제교류협력단을 이끌며 세계에 한국문화를 알리는 일에 전념하시는 선생님을 찾아갔다, 함께 귀가했던 어느 저녁이 생각난다. 부엌의 식탁 위에 불어와 독어를 비롯해 서양언어로 된 각종 어학교재들이 수북이 쌓여 있었다. 외국인을 위한 제대로 된 한국어교재를 만드느라 연구중인데 무슨 좋은 아이디어가 없냐는 선생님의 말씀을 듣고, 그 연배에 다시 외국어를 배우려는 대단한 정열에 자극받아, 나태한 나를 바로 세웠다. 매사에 확실한 선생님은 무슨 일이든 대충 하는 법이 없었다. 기회가 닿으면 나는 선생님을 찾아가 나의 고민을 털어놓고 남자들에 대해, 하다못해 곧 나올 신간의 제목에 대해서도 당신의 의견을 구했다.
　선생님과 나의 견해가 늘 일치한 건 아니다. 우리는 세대가 다르며, 생활수준이 다르며, 무엇보다도 서로 믿는 이념의 체계가 다르다. 당신의 충고를 내가 따르지 않은 적도 있지만, 나중에 돌아보건대 당신의 판단이 옳은 경우가 많았다. 이인호 선생님은 대한민국에서 흔치 않은, 생각과 말과 행동이 일치하는 지식인이다. 오늘날까지 나는 사석에서든 공석에서든 거짓말을 하거나 진실을 은폐하는 당신을 본 적이 없다.

  세상 돌아가는 이치를 꿰뚫는 지혜, 문학예술 그리고 의식주의 생활문화에 이르기까지 선생님의 높은 안목을 가까이서 보고 배웠던 행운에 나는 감사드린다. 나와는 다른 세계, 다른 성(城)이었지만, 단단한 계급의 벽을 허물고 선생님은 내게 당신을 보여주었다. 스승과 이불을 맞대고 누워, 도란도란 격의 없는 대화를 나누었던 제자의 한 사람이었음을 나는 오래도록 자랑스럽게 생각할 것이다.

(『신동아』. 2005년)

# 나에게 한 살 더 나이를 먹는다는 건……

　지금보다 한 살 더 많다고 뭐가 달라질까? 마흔이 넘으면 다 똑같지 않나. 마흔하나든 마흔다섯이든…… 중요한 건 당신이 마흔을 넘었고, 인생의 절반을 허송했고, 이미 후반부의 문턱에 와 있다는 사실이다! 마흔을 넘기고부터 나의 생물학적 나이를 그다지 의식하지 않고 살아왔던 터라, 원고청탁을 받고 주제에 맞는 글쓰기가 쉽지 않았다.

　삼십대나 이십대에 비해 늙는 것을 두려워하지 않는다뿐이지, 나 역시 나이로부터 자유롭지 않다. 『서른, 잔치는 끝났다』로 요란하게 전업작가가 되어 인생이 변한 내게 나이는 각별한 무엇이다. '서른'은 내 이름 뒤에 시인이라는 훈장이 붙는 계기가 되었지만, 또한 나를 가두는 상징이기도 했다. 대체 얼마나 더 늙어 할머니가 돼야 사람들은 내게 '나이'에 대한 질문을 하지 않을까. 언제까지 나는 '나이'를 파먹고 글을 쓰며 살아야 하나.

이 글의 제목을 쓰며 '나이가 들다'보다 '나이를 먹다'라는 표현이 먼저 나왔다. 왜 그럴까? 생일날 미역국을 먹는 우리네 풍습 때문인가. 사람을 평가할 때 그가 태어나 먹어치운 밥그릇의 수를 중요시하는 문화권에 내가 살고 있기에, 나도 모르게 익숙해진 말버릇이리라. 모르는 사람끼리 만나면 우리는 나이부터 따진다. 대놓고 나이를 묻지 못할 때는 '무슨 띠'냐 물으며 슬쩍 그가 나의 연장자인지, 맞먹어도 되는 동갑인지, 후배인지를 확인하고 그에 따라 호칭이 달라진다.

예술가나 문인들 사회도 예외는 아니어서, 선후배 사이가 엄격하다. 1990년대 초 서른을 갓 넘어 등단해 내가 만난 편집자나 문학담당 기자들은 대개 나와 나이가 비슷했다. 사석에서든 공석에서든 그들은 나를 '최영미씨'로 불렀고 나도 별 고민 없이 그들을 아무개씨로 호칭했다. 그랬는데, 언제부턴가 용무가 있어 전화로 나를 찾는 사람들의 나이가 점점 어려지더니, 어느새 한 십 년 밑으로 세대차이가 벌어졌다. 내 이름 석자에 간단히 '씨'를 붙이는 새파랗게 어린 목소리들이 약간 거슬린다고 느끼는 그 순간부터, 나는 기성세대가 되었다.

그러나 뒤돌아보건대 서른 살 무렵의 나도 그들과 비슷한 실수를 하지 않았던가. 어느새 교수가 되고, 차장이 되고, 국장이 된 선배들을 오랜만에 만나 옛날처럼 'XX 언니'나 '아무개씨'로 불렀다가, 언짢게 변하는 상대의 표정을 보며 당황했던 적이 있다.

마흔을 넘기면서 나는 사회의 상식을 존중해야 살기 편하다는 이치를 터득했다. 존경받지는 못하더라도, 적어도 욕을 먹지 않기 위해서는 나이에 걸맞은 처신을 해야 한다. 그런데 남들처럼 말하고 행동하려 조심하다보니, 도가 지나쳐 병이 날 지경이었다. 여러 번의 시행착오 끝에 나는 다시 원점으로 돌아왔다. 생긴 대로 살아야 한다.

그렇다고 내가 세월이 흘렀어도 변하지 않은 건 아니다. 마흔다섯의 나는 마흔넷보다 참을성이 많아졌고, 자신과 타인에 대해 좀더 관대해졌다. 해가 거듭될수록, 내 앞에 서러운 밥그릇이 쌓일수록 포기가 빨라진다. 웬만한 불편은 그냥 견디고, 웬만한 모욕이나 스트레스는 수다로 풀고, 예전보다 화를 덜 낸다. 때로 이렇게 매사에 그냥 마냥 넘어가다 시를 못 쓰는 건 아닌가? 걱정이 된다. 나는 상처를 받아야 글이 나오는 작가인데…… 하늘이시여. 게으른 최영미의 정신이 버쩍 서게, 커다란 자극을 주시기를. 그러면 저도 세상을 놀라게 할 걸작을 쓰겠나이다.

(『생활 속의 이야기』, 2006년)

# 혀를 깨무는 아픔 없이

언제인가 한국의 어느 중견 시인이 내게 시가 어떻게 오는지 물은 적이 있다. 그녀가 진행하는 라디오방송을 위한 설문조사에 나는 이렇게 답했다.

"시가 나오는 계기는 그때마다 다릅니다. 예전엔 언어가 먼저 떠올라 그걸 붙잡고 시상을 전개한 경우가 빈번했는데, 요즘은 주제를 먼저 정하고 시작하는 편입니다. 요즘은 시를 만들고픈 욕망이 커져서 경험뿐 아니라 상상력에도 많이 의존합니다."

무릇 자신의 시에 대해 설명하는 것처럼 재미없는 일은 없다. 내 경우 가장 쓰기 힘든 글이 책 뒤에 붙이는 '후기'나 '詩作노트'가 아닌가 싶다. 시집을 새로 묶을 때마다 '작가후기'를 만들기가 힘들어 나는 도망쳤다. 제주도로 속초로 도망쳤다가 교정지가 나올 즈음 간신히 숙제를 제출하고 나는 별렀다. 내, 이 짓을 언젠가 그만두리라. 앞으로 남은 생애에 한 번만이라도 일체의 사족을 붙이지 않고 본문만으로 책을 펴낼 수 있다면 얼마나 좋을까.

그러나 시력(詩歷)이 더해질수록, 나이가 들수록 능청이 늘어서 요즘의 나는 필요하다면 나의 작품세계에 대해 얼마든지 길게 사설을 풀 수가 있다. 듣는 사람이 그만두라고 할 때까지. 시집『돼지들에게』를 묶을 때는 누가 시킨 것도 아닌데 내가 나서서 보도자료의 초안을 작성해 편집자에게 넘겨주었다. 어디 보도자료뿐인가. 소설『흉터와 무늬』를 세상에 내보낼 때부터 언론사 기자들의 예상 질문에 대한 답안을 미리 준비해, 혹 있을지도 모르는 비상사태에(?) 대비했다. 그들의 심문에 못 이겨 '할 말'과 해서는 안 될 말을 가리지 못할까봐, 나를 누설할까 두려워 개별 인터뷰를 피하고 간담회로 대치했다. 그래서 일부로부터 까다롭다는 욕을 듣거나 서평지면이 작아지더라도, 책이 덜 팔리더라도 나중에 내가 감당할 수 없는 일을 저지르는 것보다는 낫다고 판단해서였다. 내가 그토록 용의주도해지다니. 누가 물으면 곧이곧대로 오장육부까지 꺼내서 보여주었던 문단초짜 시절을 생각하면 격세지감의 변화이다.

그러나 나의 우려 혹은 기대와 달리, 사람들은 나를 괴롭히지 않았다. 이것저것 많이 묻지도 않아서, 기다란 예상 답안을 준비한 내가 서운할 정도였다. 애써 짜낸 문장들이 아까워 여기 붙이련다.

"그냥 주저앉고 싶다가도 어느 날 식당에서 나를 알아보고 밥을 사겠다고 우기는 고마운 독자들이 있었기에, 정신을 가다듬고 문학이라는 결코 호락호락하지 않은 전쟁터에 다시 뛰어들었다."

오늘도 잡지사와의 인터뷰 중에 "언제 시를 쓰세요?"라는 질문을 받았다. 나는 조금도 당황하지 않고 "상처를 받으면 시가 나온다"라고 전업시인답게 짧게 대답했다. 상처, 라는 말이 그토록 쉽게 나오다니. 제 몸을 뜯기는 아픔 없이도 시를 만든 전과가 있던 터라, 말해놓고도 뭔가 미심쩍어 속이 불편했다. 시가 어떻게 잉태되는지 알게 된 그날부터 내 시는 변할 것이다. 이미 변했다. 어느새 나는 순수를 벗었다. 풋내기의 순진을 벗고 작품을 개관하게 되었지만, 흑백논리에 갇혀 있던 때처럼 세련이 곧 부패의 신호라고 나는 믿지 않는다.

오랜만에 문예지에 신작시 세 편을 발표한다. 사랑이 어떻게 왔다 가버리는지, 알고 싶지도 않은 나이에 연애시를 끄적였다. 피를 흘리지 않고, 혀를 깨무는 아픔 없이 사랑을 음미하는 기술을 배워야겠다.

(『문학사상』, 2006년 7월호)

# 완벽한 집은 없다

요즘 몇 달간 내 머릿속은 아파트 생각으로 가득하다. 계속 전세를 살아야 하나, 집을 사야 하나를 망설이는 동안 해가 지고 해가 뜬다. 이명박이 대통령이 되었으니, 집값이 뛸 테니 어서 내 집부터 장만하라는 주위의 충고를(협박을) 들은 뒤부터 잠자리가 편하지 않았다.

대통령선거가 끝난 다음날부터 텔레비전 뉴스에서도 거의 매일 아파트 타령이라 나의 불안을 더욱 심화시켰다. 새 정권이 들어서 달라질 정책 1순위가 부동산이라니. 부동산이 어떻게 '정책'감인가, 대책이라면 또 몰라도. 부동산 관련 특집을 시청하며, 새삼 이 나라의 수준이 한심스러웠다. 정치개혁이나 사회발전 혹은 교육이나 의료도 뒷전으로 밀릴 정도니 문화는 말할 것도 없다. 앞으로 5년간 국정을 책임질 집단이 바뀌었는데, 차기 대통령이 결정된 다음날부터 청약순위니 재건축 따위를 거론하며 향후 집값 동향을 예측하는 데 열을 올리는 공영방송이 지구상에 또 있다면 누가 내게 알려주시기를. 매주 월요일마다 전국 아파트시세를—지역을 세분해 고양시 일산구 백석동 어느 아파트의 매매와 전세의 하한가와 상한가를 등락의 폭까지 알려주는 데 지면을 통째로 할애하는 친절한(?) 신문이 세계에 어디 또 있단 말인가.

결국 우리는 돈밖에 모르는 천민이다. 대한민국은 아파트 공화국이다. 연말의 송년모임에서 친구들 서넛만 모여도 어김없이 아파트, 집값 이야기가 빠지지 않는다. 이 나라에서 좀 살 만하다는 사람들의 가장 큰 관심은 아파트 평수 넓히기와 아이들 대학 보내기다. 대통령 후보들의 연설을 들으면서도 사람들은 내심 누가 대통령이 돼야 집값이 오를까, 누가 지도자가 돼야 내가 세금을 덜 낼까, 어느 후보가 내 재산을 불려줄까, 계산하며 낙점을 찍었다.

부동산과 주식을(요즘은 펀드를) 모르면 촌뜨기 취급을 당하고, 적은 평수에 살면 사람 대접 받지 못하는 살벌한 행태에 질려, 신도시의 그악스런 부동산중개업자에 시달리다 나는 일산을 떠났다. 혼자 집을 구하러 다니며 나는 무척 힘들었다. 약간의 예외는 있었지만, 내게 걸린 대부분의 복덕방들은 수수료가 적은 물건을 구하는 손님을 환영하지 않았다. 부동산경기가 좋을 때는 싼 전세를 구하러 왔다고 말하면 아예 상대조차 하지 않아, 문을 열고 들어갔다가 그냥 나온 적도 많았다.

내가 한국에서 가장 상대하기 껄끄러운 전문가들, 정상적인 의사소통이 곤란했던 직업인이 부동산중개업자였다. 거래를 성사시키기 위해 상황에 따라, 상대에 따라 이리저리 말을 바꾸며 돈을 좇는 해바라기들에게 나는 한갓 가난뱅이 세입자에 불과했다. 어떻게 냄새를 맡았는지 내가 독신이며 이사날짜가 급함을 귀신처럼 꿰뚫고, 좋지 않은 물건을 소개하며 비싼 가격을 부르기 일쑤였다. 없는 사람들일수록 어리숙하니 속이기 쉽다고 생각했는지. 정직하면 돈을 벌지 못한다고 믿는 그들에게, 진실을 요구하는 내가 잘못일 수도 있다.

춘천으로 옮기고, 셋집이지만 생활하기 편해 굳이 또 이사할 이유는 없다. 신문과 방송에서 집값을 들먹이지만 않았다면, 내 귀가 얇아 주위의 아우성에 초조해지지 않았다면, 일 년도 되지 않아 아파트열병에 걸리지 않았을 텐데. 초년의 역마살을 끊고 아담하지만 아늑한 곳에 정착하고 싶은데, 돈이 원수이다. 꽤 팔렸던 책을 출판하고도 재테크에 어두워 단돈 1억을 모으지 못한, 내게 맞는 집 구하기는 내게 맞는 사람을 만나는 것만큼이나 어려운 숙제이다.

   전망이 좋으면 해가 골고루 들지 않는 동향이고, 남향의 중간층이
면 대로변이라 시끄러웠다. 모든 조건이 맞으면 값이 내가 쳐다보기
어렵게 비쌌다. 완벽한 짝이 없듯이 완벽한 집도 없음을 깨달았으니,
내일은 어떻게든 결론을 내려야겠다. 2008년의 고단한 또 하루가 밝
아오기 전에.

(광주일보, 2008년 1월)

# 지도를 찾아서

춘천으로 이사한 다음날부터 시내지도를 구하려 사방으로 돌아다
녔다. 새로운 곳에 도착해 어리둥절하다가도 동서남북이 표시된 단단
한 종이가 내 손에 쥐어지면 마음이 놓이는 건, 방랑자의 잔뼈 굳은
습관이며 생존본능이리라. 지도를 펼쳐들고 나는 사람들에게 길을 물
을 것이다. 어디에 무엇이 있는지 알려고. 편안한 곳에서 맛있는 밥을
먹기 위해, 물건을 사기 위해, 서울로 가는 차를 타려고…… 그러다
웬만큼 익숙해지면 묻기를 중단하겠지. 모두에게 '좋은' 곳은 없다. 그
들에게 괜찮은 식당이지만 내게는 그렇지 않은 경우가 허다하거니와,
숨은 진주를 내 눈으로 발견하는 재미를 빼앗기고 싶지 않다.

시외버스터미널의 관광안내소에서 얻은 지도에는 먹거리와 볼거리만 풍성했지 동네이름도 도로의 명칭도 제대로 표시되지 않았다. 시내 지리가 상세히 나온 지도를 사려 서점에 갔지만, 허탕이었다. 품절되어 없다는, 다른 서점에 문의해도 없을 거라는 답을 듣고서야 나는 알았다. 춘천지도를 얻으려면 서울에 가야 한다. 내가 누운 곳이 어디인지 온전히 알려면 기차를 타야 한다. 청량리역에 내려 다시 전철로 갈아타고 교보문고까지 원정 가는 수고를 피하려, 가까운 동사무소에 갔다.

춘천의 석사동사무소에 비치된 시내버스 안내책자를 넘기다, 나는 또 경악했다. 노선번호와 운행시간, 출발지점과 경유지 그리고 종점의 이름만 화살표로 표시했지, 시내의 지도가 보이지 않았다. 그러니까 (길을) 아는 사람만 타라는 식인데, 지리에 밝은 주민은 안내서를 볼 필요가 없지 않은가. 춘천의 대중교통이래봤자 버스밖에 없는데, 얼마 되지 않는 노선버스를 안내한답시고 63쪽이나 두툼한 종이를 엮은 것도 못마땅했다. 나처럼 이곳 지리에 어두운 사람에겐 있으나 마나한 안내책자를 만들며 시민의 혈세를 꽤나 낭비했겠군. 국내외 관광객이 많이 찾는 도시에서, 그처럼 불친절하며 멍청한 물건을 만든 인간의 머릿속은 어떻게 생겼을까.

아무런 연고가 없는 지방도시에서 어떻게 살려고? 외롭지 않겠어? 나의 수도권탈출 소식을 들은 지인들이 놀라서 내게 물었을 때 나는 내심 그들의 염려가 지나치다고 생각했다. 우리 부모님 말마따나 나는 '어디 떨어뜨려놔도' 잘 살 성격을 타고났고, 외로운 사람은 어디에서건 외로운 법이다. 낯선 땅에서 어떻게 살아갈까? 크게 걱정하지 않았지만, 지도를 구하지 못하니 무기도 없이 전쟁터에 끌려온 병사처럼 불안해졌다. 직행버스를 타면 광화문까지 사십 분밖에 걸리지 않는 경기도 고양시에 살면서도 지난 십여 년간 나는 서울을 자주 출입하지 않았다. 평균 일주일에 한 번도 시내에 나가지 않았다. 밤늦게 택시 타기도 싫고, 재미도 없어서 나는 술자리에 어울리기를 꺼렸다. 자정이 넘어 귀가한 날이 일 년에 글쎄, 한 번꼴이나 될라나?

꼭 그러려고 그런 건 아닌데, 술자리를 피하다보니 문단 사교계와 멀어졌던 것 같다. '눈에서 멀어지면 마음에서도 멀어진다'는 옛말이 정말 맞다. 내가 한창 잘나가던 시절엔 앉은자리에서 밥숟가락 뜰 새 없이 울려대던 전화벨이 뜸해지고, 어느덧 나는 잊혀진 작가가 되었다. 싫다고 사절해도 성가시게 매달리던 인터뷰 의뢰나 신문사의 원고청탁도 한두 번 거절하다보니 나중엔 아예 부르지도 않았다. 까다로운 작가로 소문이 났기 때문이다. 그래도 거절하는 '맛'이라도 있던 옛날이 좋았던가.

어차피 서울에, 중심에 목숨을 걸지 않은 인생이니 강원도든 어디
에서든 살지 못하랴. 아직 내 몸이 멀쩡하고 직장에 매이지 않았으니
뭐가 문제란 말인가? 내 소유의 똥차도 없지만, 가까운 곳은 걸어가고
먼 곳은 대중교통을 이용하면 된다.

그런데 이번에도 내 계산이 틀렸다. 알고 보니 지방은 교통이 무지
불편했다. 버스가 수도권처럼 자주 다니지 않고 노선도 다양하지 않
아 급하면 택시를 타야 한다. 그래서 춘천 안에서 움직이기가 때로 서
울 가기보다 어렵고, 비용도 더 든다. 택시비를 아끼려 버스정류장에
서서 추위에 떨며 가끔 '내가 왜 여기 왔나?' 자문하지만, 후회하지는
않는다. 서울 근처에서는 구경하기 힘든 맑은 자연을 부엌에서, 거실
에서 날마다 쳐다보는 것만으로도 배가 부르고 행복하므로.

(광주일보, 2008년)

# 남대문을 생각하며

오랜만에 서울에 가서 전철을 타고 시청 앞 광장에 나왔다. 내 옆을 지나던 아주머니들의 "야, 남대문 구경하자"는 큰 소리에 나도 따라 멈춰서, 남쪽을 바라보았다. 없어졌구나. 예전에 고풍스런 기와가 버티고 있던 자리가 휑하다. 공사현장을 둘러싼 생경한 비닐천막을 보니, 세상이 떠들썩했던 국보 1호의 화재가 실감났다. 황량한 도시의 하늘을 더욱 황량하게 만드는 보수 공사장의 보호막, 자연이 아닌 화학 소재의 네모난 모서리들이 답답해 쳐다보기도 싫었다. 다른 곳으로 눈을 돌리며 통곡할 지경은 아니지만 가슴 한켠이 허전했다. 내가 잃어버린 것은 고향처럼 익숙했던 기와의 곡선이다.

서울에서 태어나 삼십여 년을 살며, 차를 타고 혹은 걸어서 수시로 지나쳤겠지만 나는 한 번도 서울역 남쪽의 옛 대문을 눈여겨보지 않았다. 내 눈의 망막에 남대문이 가장 자주 스쳤을 때는, 한강을 건너 신림동에 위치한 학교를 오가며 거의 매일 시청 앞에서 버스를 갈아 탔던 대학생 시절이리라. 일부러 쳐다보지는 않았지만 그것은 늘 거기 서 있었다. 버스정류장에 서서 오른쪽으로 고개를 조금만 돌리면 높이 솟은 콘크리트 빌딩들을 지나, 저 끝에 퇴색한 기와의 겹쳐진 곡선들이 시선에 들어왔다.

오늘도 내일도 내년에도 거기에 있을, 지극히 당연한 대상이기에 그 앞에 멈춰서 자세히 관찰하지도 않았다. 그래서 나는 사실 남대문이 어떻게 생겼는지 연필로 그리지도 못한다. 도화지에 그대로 베끼지는 못하지만 우중충한 하늘 아래 의연했던 기와의 잔상은, 눈을 감아도 떠오르는 할머니의 바랜 얼굴처럼 내게 친숙한 배경이었다. 서울역과 시청 사이에 높이 솟은 돌문은 서울을 드나드는 사람들이 공유하는 하나의 분명한 표식이었다. 친구와 약속장소를 정하며 '남대문시장 지나 어디서 만나자'는 말을 몇 번쯤 했었다.

친근했던 서울을 떠나 강원도에서, 숭례문이 화재로 전소되었다는 소식을 들었다. 왜 남대문이 아니라 숭례문인가? 의아해하며, 화재소식을 듣고도 나는 슬퍼하지 않았다. 숭례문이 불에 탔다는 뉴스를 듣고도 크게 슬픔을 표시한 사람들 속에 내가 끼지 않았다는 사실이 슬퍼서 나는 이 글을 쓴다. 내겐 내가 떠난 도시의, 아무도 거주하지 않는 기념물의 화재보다 시급한 일이 열 가지쯤 있었다. 인터넷과 전화를 새로 설치하고 밀린 세금을 내고 마감이 닥친 원고를 쓰느라 하루가 모자랐다. 도배하고 청소하고 커튼을 다느라, 잠자리에 누우면 내일 누구를 불러 못을 박아달라 청할까 고민하랴 분주했다. 내 발등에 떨어진 불을 끄기에 바빠 남대문이든 동대문이든 내 알 바 아니었다.

화재현장을 찾아 촛불을 켜는 어린 학생들을 보여주는 텔레비전 화면에 가슴이 멍멍하던 어느 날 신문에서 우리나라 문화인들이 숭례문 화재를 애도하며 연재하는 글을 보았다. 국가적인 참사를 애통해하는 그분들의 진심을 나는 의심하지 않지만, 이건 좀 지면낭비가 아닌가. 무려 다섯 차례에 걸쳐 신문전면에 위로문이 연재되는 동안 또다른 남대문이 불타는데도 국민이 모를 수 있다. 슬퍼하는 건 하루면 충분하다. 우리는 언제나 일이 터진 뒤에 난리를 치고 며칠 지나면 조용해진다. 문화재 관리소홀을 따지며 법석을 떨기 전에 왜 지금, 2008년에 세계적인 인터넷강국을 뽐내는 대한민국의 수도 한복판에서 그런 창피스런 사태가 발생했는지 근본적인 원인을 분석하지 않을까. 인간을 도외시하고 최첨단 기술에만 의존했던 한국사회가 이번 참사를 낳았다. 서양문물을 받아들이고 백여 년이 지나 세계 속에 우뚝 서는 자본주의, 기술의 강국이 되는 과정에서 우리는 많은 것을 잃었다. (옛것을 버리고) 최신유행을 따라가느라 안간힘을 쓰는 몸부림 자체가 서양문물에 대한 콤플렉스의 표현이며, 아직 개항의 충격을 극복하지 못한 증거이다. 기술을 숭배하며 기계에만 의존하는 우리보다 인터넷 보급률이 떨어지는 중국에서 문화재를 더 잘 보존한다. 사람이 지키는 천안문이 첨단장비가 지키는 남대문보다 안전하다. 우리는 너무 앞으로 앞으로만 달려온 자신을 반성해야 한다.

(광주일보, 2008년)

# 짐이 되지 않는 선물

　새집으로 이사한 기념으로 후배 Y가 배달시킨 둥근 화분을 결국 나는 처분했다. 내가 독신생활을 시작한 이래 아마도 우리집 현관문으로 들어온 가장 덩치 큰 선물일 텐데, 23평 아파트의 거실에 어울리지 않게 너무 커다란 항아리 조각이 내 맘에 들지 않았다. 마침 내가 도배장판을 하는 어수선한 날에 우리집을 방문해 가구배치를 도와준 그가 고맙지만, 그렇다고 싫은 물건을 참을 내가 아니다. 눈에 거슬리는 물건이나 사람이 내 공간 안에서 숨쉬는 역겨움을 참을 만치 나는 너그럽지 못하다. 당장 갖다버리고 싶지만, 나는 참았다.

　"좀 참아봐. 자꾸 보다보면 혹시 정이 들지도 몰라."

　친구의 충고는 내게 통하지 않았다. 친구의 말에 솔깃해, 선물한 사람의 성의를 생각해서 하루 이틀 두고 보는 동안에, 창조적인 어떤 일도 할 수 없었다.

나의 반응을 염려해 교환이 가능한 조건으로 구입했다고, 싫으면 다른 화분으로 바꾸라고 Y는 호언장담했지만, 꽃집 주인의 말은 달랐다. 어서 제발 치워달라는 나의 애원을 듣더니 주인여자는 퉁명스레 대꾸했다. 교환은 곤란하다. 정 맘에 들지 않으면, 가게에 일손이 부족하니 본인이 직접 들고 나와서 바꿔가라. 교환하는 물건은 배달하지 않는다.

아니. 그 무거운 걸 내가 어떻게 들고 간담.

차도 없고 남자도 없는데.

누구를, 어떤 힘센 오빠를 불러서 부탁한담.

만만한 일꾼을 찾다 포기하고, 혼자 끙끙대며 화분을 굴려 간신히 현관문 밖에 내놓고 나서야 비로소 다리 뻗고 잘 수 있었다. 어쨌든 내 눈에 안 띄면 되니까. 엘리베이터를 타고 드나들며 잠깐은 걸리적거렸지만, 문을 닫으면 애물단지가 사라진 집 안에서 안도의 숨을 쉬며 나는 기다렸다. 굳이 사람을 불러 힘들게 옮기지 않더라도 누군가가 슬쩍 가져가주기를……

그러나 우리 아파트에는 모두 양심적인 시민만 사는지 내가 기다리던 도둑은 오지 않았다. 꽃집에 매일같이 하루에도 서너 번 전화로 애원한 끝에 드디어 어느 날 문밖이 깨끗이 치워졌을 때의 시원함이란!

며칠 뒤 꽃집 주인과의 협상 끝에 작은 화분으로 바꾸자 불안이 완전히 해소되었고, 나는 다시 일상의 평화를 되찾았다.

　나도 그처럼 헛돈을 쓰며 누군가에게 짐이 되는 선물을 안긴 적이 있다. 작년 겨울, 성탄절 밤이었다. 내가 멀리서 흠모하던 여자 선생님이 연구실로 사용하는 춘천의 아파트를 방문하며 내가 드린 장미꽃 다발과 와인은 지금 어떻게 됐을까? 떨떠름한 선생의 표정을 보고 아차! 싶었지만 이미 늦었다. 그날에야 알았지만 당신은 술을 마시지 않으며, 꽃도 나처럼 좋아하지 않는다. 주로 서울의 자택에 기거하며 일주일에 한 번 들를까 말까 한 연구실에는 금방 시드는 꽃보다는 차라리 수명이 긴 화분이나 숯이 제격이었다. 아무도 없는 아파트에 꽂힌 장미가 누구의 눈을 즐겁게 하리오. 약속시간에 늦지 않으려 발을 동동 구르며, 시내의 꽃집들을 전전하며 고르고 골라 내 깐에는 큰맘 먹고 지갑을 열었는데, 애써 포장한 선물이 곧 쓰레기통에 들어갈 모습을 상상하며 기분이 좋지 않았다. 상대를 잘 알지 못하면, 그가 만족할 선물을 하기 힘들다. 대학후배 Y도 필자와 이십 년 넘게 왕래가 없었기에 나와 똑같은 실수를 한 것이다.

　평소 취향을 잘 알지 못하는 사람에게는 언제든 처분하기 쉽게 가볍고 부담이 없는 선물이 좋다. 그나저나 올해 어린이날에 내 귀여운

똥강아지 조카에게 뭘 사다줄까? 어머니의 생신도 바로 뒤에 닥쳤는데, 뭘 드리면 흡족하실까? 물건으로 그간의 소홀함을 보상할 수는 없지만, 그러나 서로 멀리 떨어져 사는 처지에 내 마음을 전달할 다른 방법이 딱히 없다. 가정의 달인 5월이 가까이 다가오며 잠자리에 누워서 나는 뒤척였다. 해마다 되풀이되는 고민이지만, 내가 주고 싶은 물건과 상대가 갖고 싶은 물건이 완전히 일치하지는 않더라도 비슷해야 선물을 주고받는 의미가 퇴색하지 않는다.

　서울에 거주하는 동생의 집을 일주일이 멀다고 자주 드나들 때, 나는 뭘 싸들고 가야 내가 환영받을지 따위를 5분 이상 고민하지 않았다. 일산에서 마포까지, 옥수동까지 버스와 전철 그리고 택시를 갈아타며 어서 아이를 보고 싶어 서두르던 마흔 살 무렵의 내 손에는 녀석이 좋아하는 치즈케이크, 초보엄마인 동생과 내가 간단히 점심을 때울 연어샌드위치 따위가 들려 있었다. 어린 조카를 내 품에 안고 노는 시간이 길 때, 나는 아이가 뭘 원하는지를 분명히, 그애보다 내가 먼저 알았다. 이모가 사다준 덤프트럭이 얼마나 멋있었는지를 어느 날 기억해내는 조카를 보며 나는 흐뭇했다.

　어느덧 자라서 초등학교에 다니는 녀석을 만나기가 점점 뜸해진다. 저녁 8시가 돼야 하루의 일과가 끝나는 아이의 얼굴을 보려면 며칠 전부터 약속을 잡아야 하니, 대한민국의 교육이 잘못돼도 한참 잘못되었다. 내가 보지 못하는 사이에, 한 달이 다르게 생각과 말이 징그럽게 성숙해지는 그애의 속을 요즈음 나는 도통 알 수 없게 되었다. 그애가 지금 가장 갖고 싶은 게 무엇인지? 자신이 없어서, 지난 생일에는 아예 선물을 두 개 준비했다. 내가 주고 싶은 명화그림이 새겨진 큐빅, 그리고 문구점 주인의 충고를 따라 그 나이 또래의 사내애들이 좋아할 조립식 로봇 장난감. 적어도 둘 중 하나는 아이를 만족시키리라. 나의 예상을 초월해, 다행히 녀석은 이모가 사다준 선물을 둘 다 이뻐했다. 아니면 고것이 벌써 내 눈치를 봐서 싫은 기색을 내비치지 않은 것인가.

적당한 선물을 사고 사랑의 말을 몇 줄 적는 게 때로 성가시기도 하지만, 바로 그게 사는 맛이 아니던가. D시에서의 문학강연 중에 내가 역설했듯이, 나는 작고 사소한 기쁨에 정붙이고 사는 사람이다. 언제 행복한 적이 있었냐는 기자의 질문에 나는 대답했다. 『돼지들에게』를 탈고하며 희열에 떨었노라고. 하느님이 선물한 T와의 빛나는 하루를 기억하며, 운동경기를 보며, 맛있는 음식을 먹으며, 조카와 놀며, 조카에게 선물할 물건을 고르며(축구공이 좋을까 농구공이 좋을까 고민하며) 나는 행복했노라고. 그런 낙이라도 없으면 이 심심한 세상을 어떻게 건너갈 것인가.

(광주일보, 2008년)

# 내가 서울이 그리울 때

요즘은 어딜 가든, 은행에서도 터미널에서도 길가에서도 텔레비전을 피하기가 힘들다. 나처럼 기계 싫어하고 전자파 싫어하고 광고 싫어하는 구석기시대 사람들은 점점 살기가 힘들게 대한민국이 변하고 있다. 어쩌다 서울에 가면 전철 안에서 한 칸에 한 대로는 모자라 천장과 벽에 이중삼중으로 설치된 TV와 광고판에서 쏘아대는 전자파가 싫어 앞으로 옆으로 뒤로 자리를 옮겨보지만, 사방이 전기와 전파로 포위되어 욕이 절로 나온다. 오, 망할 놈의 첨단기술이여. 삼성과 LG에 접수된 대한민국이여.

그런데 초현대의 기술과 자본에 점령당한 수도의 한복판에서도 지상을 달리는 버스에서는 등장하지 않던 그놈의 요술상자가, 서울에서 한참 떨어진 호반의 도시를 접수했다. 얼마 전부터는 춘천의 시내버스들에 텔레비전이 부착되어, 그 요란한 소음과 전자파를 피하느라 내 이마가 찌푸려진다. 그처럼 시민들의 정신건강과 육체건강을 위협하는 큰일을 벌이기 전에 먼저 허가를 받아야 하지 않나. 혼자 분개하며 속을 끓여봤자 아무래도 먹히지 않을 요구를, 광주에서 발간되는 신문에 털어놓는다. 춘천시에 부탁하오니 제발 버스에 붙은 텔레비전을 제거해주시기를.

우리집의 거실에서 내다보이는 거리의 모퉁이에 시를 홍보하는 천막이 나부낀다. 시처럼 아름다운 도시. 희망이 물처럼 흐르는 도시라고, 홍보하는 글자판은 크기만 했지 전혀 시적이지 않고, 아름답지도 않다. 꼭 그렇게 크게 번쩍번쩍한 글씨로 써붙여야 하나. 아— 이 촌스러움을 어찌할꼬. 여기로 이사 온 지 벌써 여섯 달째이지만 아직도 적응이 덜 되어 가끔 소스라치게 놀라곤 한다. 아침에 버스 타고 시내에 나갔다 다시 들어올 때 버스기사로부터 자기가 아침에 나를 태웠다는 말을 들을 때, 좁아터진 이 바닥에 놀라며 나는 서울이 그립다. 버스에서 내릴 때까지 힐긋힐긋 백미러로 나를 훔쳐보며 '여기 사람 아닌 것 같다' '남편이 (춘천으로) 발령났냐'는 등 귀찮게 말을 붙이는 기사 아저씨의 끈적한 수다를 능란하게 넘길 여유가 내겐 없다. 여기는 사람들 사이의 거리가 아주 좁다. 어느 날인가 길을 걷는데 웬 여자가 나를 불러 세우더니 이야기 좀 하잔다.

왜요?

아, 거기 인상이 참 좋아요. 복이 많이 들어올 상인데 남한테 주지를 않아요.

저— 지금 바쁘거든요.

그리고 내 갈 길을 가려는데 그녀가 또 '이봐요. 잠깐 말 좀 하자니까요'라며 협박할 듯 기세등등한 목소리와 눈빛으로 나를 막아선다. 그러더니 바짝 내 쪽으로 접근해 내 손을 잡으려는 게 아닌가. 순간 내 속에서 경보벨이 울렸다. 약간 맛이 간 사이코들에게는 세게 대응하다간 무슨 일을 당할지 모른다. 사람 좋게 웃으며 싹싹 빌듯 지금 무지 바쁘다고 변명한 뒤에 돌아서서 서둘러 집으로 향했다. 그 정신 나간 여자가 혹시 쫓아올까봐 간이 콩알만해져가지고.

내게 지나치게 접근하는 그들을 단호히 거절했어야 하는데, 너무 긴장한 탓에 여러 번 불쾌한 일을 자초했다. 수영장에서 내게 물안경을 빌려달라는 젊은 여자가 있었다. 마지못해 내 물건을 내주었다 나중에 돌려받는데 '근데 알이 흐려서 잘 안 보였어요'라고 천연덕스레 말하는 여자가 괘씸했다. 춘천에서 새로 구입한 비싼 안경인데, 사서 오늘 처음 개시한 물건인데…… 빌려준 내가 바보였다. 내 몸의 아주

예민한 부분인 눈에 다른 사람의 손때를 묻히다니. 공중수영장에서 흔히 발병하는 눈병도 걱정이거니와 정체불명인 그녀의 눈에 닿았던 물건을 계속 쓰고 싶지 않아, 나는 물안경을 버렸다.

버스 안에서도 수영장에서도 집에서도 나의 사생활은 위협받고 있다. 지금 이 글을 쓰는 오늘아침만 해도 우리집 현관문의 벨이 두 번 눌렸다. 소독하는 아저씨를 집 안에 들이기 싫어 그냥 돌려보내며, 나는 안도한다. 드디어 다시 까탈스런 서울내기로 돌아갔으니. 내가 나를 되찾았으니, 봄이 오는 냇가에서 이제 나는 잘 살 것이다.

(광주일보, 2008년)

# 내가 젊어 보인다고?

오늘은 작정하고 내 얼굴 자랑을 해야겠다.

"어쩜 그렇게 젊어 보이세요?"

"운동하시나요?"

요즈음 나를 처음 만난 사람들로부터 흔히 듣는 칭찬(?)이다. 내 얼굴을 찬찬히 살피며 내게 피부관리 비결을, 건강유지법을 물으며 내친김에 내게 '미용'에 관한 책을 쓰면 확실한 베스트셀러가 될 거라며 작업을 거는 여성 편집자들도 여럿 있었다.

피부관리라니…… 해가 거듭될수록 게을러져 세수도 겨우 하는데. 색조화장은커녕 기초공사도 제대로 하지 않아, 어쩌다 한번 바람이 들어 '에센스'라는 놈을 사놓고도 손이 거기로 가지 않아 바르지 않는

데. 외출할 때도 선크림만 겨우 바르고 맨얼굴로 돌아다니는 나의 강심장에 놀란 어떤 여교수로부터 자기 얼굴에 얼마나 자신이 있으면 화장을 하지 않느냐는 말을 듣기도 했다.

요즘처럼 분장기술이 발달한 시대에는 제대로 얼굴을 만들려면 시간도 엄청 깨지고 화장품 값도 장난이 아니다. 내가 파운데이션 정품을 사지 않은 지 벌써 7, 8년이 되었다. 신간이 나와 표지사진 찍고 신문 잡지에 내 얼굴이 공개될 때만 나는 남들이 나를 어떻게 보는가에 신경이 쓰인다. 새 책을 자주 생산하지 않으니 기자들 만날 일도 없겠다, 1년에 서너 번 바르면 끝인데, 병째로 사면 다 쓰지 못하고 버려야 하니, 환경오염 아닌가. 그래서 파운데이션이나 파우더, 클렌징 크림처럼 자주 사용하지 않는 품목은 기초제품 구입할 때 끼워주는 샘플로 때운다.

미장원 가기가 귀찮아, 파마를 하지 않은 지 일 년이 넘었다. 일 년에 한 번 몸의 때를 밀까 말까? 대중목욕탕에 가려면 큰 결심을 해야하는 내가, 무슨 정성이 뻗쳤다고 마사지를 받는단 말인가. 그럴 돈이 있으면 맛난 것 사 먹겠다. 손만두, 와플, 장어구이……

게다가 나는 남이 내 얼굴을 만지는 걸 무지 싫어한다. 어깨근육이 뭉쳐 고생하다 친구의 소개로 몇 년 전인가 서울에서 한번 스포츠마사지를 받다 '죽을 뻔' 한 뒤로 나는 다시는 내 몸을 남에게 주무르라고 내준 적이 없다. 그날 나를 담당했던 젊은 그녀의 손이 어찌나 맵던지 살살 하라고 당부했건만, 그녀의 기준으로 '살살' 누르다 내 어깨에 생긴 흉터가 지금도 지워지지 않았다.

어느덧 내가 나만의 집에서 혼자 생활한 지 이십 년이 지났다. 말 못할 우여곡절도 있었지만, 주어진 조건에서 나름대로 최선을 다했다고, 최선은 아닐지라도 차선을 다했다고 나는 자평한다. 쓰러질 듯 쓰러지지 않고, 주변 사람들의 도움으로 고비를 넘겼다. 잘 버티었다는 게 옳은 표현일지도 모른다. 한국처럼 가족 중심으로 굴러가는 사회에서 서른이 넘은 여자가, 마흔이 넘은 아줌마가 독신으로 산다는 건 쉬운 일이 아니다. 나름대로 재미있게 지내는 나를 측은히 쳐다보는 그들의 수상한 시선에도 이제 이력이 났다. 남과 비교해 자신의 처지가 우월함을 확인해야 편안한 이상한 이웃들. 독신도, 중년의 독신여성도 얼마든지 행복하게 살 수 있다는 사실을 인정하고 싶어하지 않는 그들이 불쌍하다. 피부에 분을 발라 주름과 흉터를 숨기듯, 내 말과 글에 화장품을 입혀 화사하게 포장했다면, 그들이 지금처럼 나를 함부로 대하지는 않았으리. 자신감이 충만했기에 나는 나의 약점을 숨기지 않았다.

나의 고독을 과장해서 소설을 쓰는 기사들을 읽을 때마다, 나는 의심한다. 그녀가, 그가 혹시 외로운가? 자신을 사랑하는 사람은 남을 삐딱하게 보지 않는다. 행복한 사람은 남에게 관심이 없다. 정말 행복한 사람은 남도 자신처럼 행복해지기를 빈다. 자신을 사랑하는 사람은 건강하다. 지금까지 아파서 병원에 하루 이상 입원한 적이 없으니, 자기관리를 비교적 잘했다고 말할 자격이 있지 않을까.

자기관리라…… 시인이 할 소리는 아니다. 나는 보통의 직장인처럼 칼같이 출퇴근하며 규칙적으로 생활하지도 않았고, 정기적으로 운동하지도 않았고, 몸에 좋다는 한약이나 건강식품을 오래 복용하지도 않았다. 비타민제를 사놓고도 뻔히 쳐다보다가 며칠 지나면 잊어버려 결국엔 쓰레기통에 버리는 내가 자기관리 운운하다니. 하루 세끼를 거르지 않고 챙겨 먹으며, 2년에 한 번 국가에서 실시하는 건강검진을 받는 게 내 자신의 건강을 돌보는 가장 쉬운 실천이라고 나는 믿었다.

지난겨울에 의료보험공단에서 제공하는 건강검진을 받으려 병원을 찾았을 때, 내 나이 또래의 여의사로부터 자신이 오늘 진찰한 환자들 가운데 내 얼굴이 가장 밝다는 말을 들었다.

"제가 아직 철이 덜 들어서, 어려 보여서 그래요."

계면쩍어 웃어넘겼지만, 남이 보기에 내가 편해 보인다니 기분이 좋았다. 그녀는 진료를 마치며 또 이런 말도 했다.

"최영미 선생님은 2년에 한 번만 암 검사해도 돼요. 최선생님처럼 마음이 편한 사람은 병에 안 걸리거든요. 앞으로도 지금처럼만, 돈도 지금까지 버신 것만큼만 버시고……"

도사 같은 그이의 덕담을 듣고 병원문을 나서는데, 날아갈 듯 발걸음이 가벼웠다. 철들지 않은 내 얼굴에 감사하며, 돈과 권력이 지배하는 세상이 두렵지 않았다.

그래. 내 비록 가난한 작가이나, 크게 남부럽지 않게 살았지.

불행하지 않으면 됐지, 누구처럼 행복해지기를 감히 바라지는 않았다. 신발장에 부츠가 하나도 없지만, 새 구두를 살 돈이 아까워 십 년 가까이 검은 운동화 한 켤레로 겨울을 보냈지만, 촌스럽다거나 옷차림이 형편없다는 손가락질을 받은 적은 없다(물론 내 면전에서는 차마 못 하고 뒤에서 수근거렸을 사람들은 제외하고). 기본적인 의식주가 충족되어도 인생에서 더 많은 것을 원하는 욕심 많은 사람들에게 나는 할말이 없다.

어느새 가을이 성큼. 곧 추석이 다가온다. 아들 없는 집의 큰딸로 부모님에게 더는 미룰 수 없는 의무들이 있다. 조상의 묘를 살피고 차례를 지내러 서울에 가야 하나? 교통지옥을 염려하는 어머니는 내게 어제 전화로 안 와도 된다고 말씀하셨지만, 어두운 셋방에서 늙은 두 분이 제사상을 차리는 모습이 어른거리면 맘이 편치 않다. 아, 어쩌다 우리 엄마 아버지는 노년이 저렇게 쓸쓸해졌을까. 니들 공부시키고 대학 보내는 데만 온 정신을 쏟느라 부동산 투기는커녕 아파트 하나 분양받지 못했다는 게 어머니의 설명이다.

며칠 먹을 음식재료들을 미리 사놓아야 하고, 의무에 묶인 연휴가 반갑지 않지만, 올해는 다르다. 내가 응원하는 두산 베어스의 포스트시즌 경기가 추석에 잡혀 있다. 현재 3위지만, 우승 가능성은 작년보다 크다. 공격력으로 따지면, 두산을 꺾을 팀은 한국에 없다. 요미우리 자이언츠나 뉴욕 양키스의 투수들도 두산의 타자들, 김현수와 이종욱과 김동주 앞에서는 벌벌 떨 것이다. 김동주와 손시헌, 고영민으로 이어지는 내야 수비도 국내 최고 수준이다. 선발투수들이 좋은 공을 갖고 있으면서도 자신감이 부족해서, 스스로 무너져서 문제이지. 그러나 우리 이쁜 임태훈과 고창성이 중간에 나와 씩씩하게, 능글능글하게 상대타자들을 요리하면 승산이 있다. 부산의 사직경기장에 가지는 못하더라도 텔레비전으로라도 선수들에게 기를 팍팍 넣어주어야지. 야구경기를 틀어놓고, 달걀을 풀고 통통한 새우와 친환경부추를 듬뿍 넣어 후딱 오믈렛을 만들어 먹으며, 꽝! 만루홈런이 터진다면 얼마나 짜릿할까. (2009년 9월 18일)*

---

* 이 글은 2009년 월간 『HEREN』의 10월호 청탁을 받고 썼으나 잡지에 실리지 못한, 이 책의 유일한 미발표 원고이다. 고품격 잡지의 주요 고객인 부유층의 취향에 맞지 않는 과격한(?) 표현들을 수정해달라는 편집부의 요청에 기꺼이 응했는데도, 미리 양해를 구하지 않고 내 글을 뺐음을 뒤늦게 알았다.

제2부

......

# 우연히 내 일기를

1993년~2000년

......

# 등단 소감

내가 정말 시인이 되었단 말인가
아무도 읽어주지 않아도 멀쩡한 종이를 더럽혀야 하는

내가 정말 시인이 되었단 말인가
신문 월평 스크랩해가며 비평가 한마디에 죽고 사는

내가 정말 썩을 시인이 되었단 말인가
아무것도 안 해도 뭔가 하는 중인 건달 면허증을 땄단 말인가

내가 정말 여, 여류시인이 되었단 말인가

술만 들면 개가 되는 인간들 앞에서 밥이 되었다, 꽃이 되었다
고, 고급 거시기라도 되었단 말인가


요즘 나는 작가회의에 너무 쉽게 가입한 걸 후회하는 중이다. 자기
가 지금 쓰고 있는 게 문학이 될지 안 될지도 모른 채, 시가 되든 똥이
되든 상관없다는 이상한 오기 반 체념 반으로 뱉어낸 말들이 시의 꼴
을 갖추고 어쩌다 등단으로 이어졌을 때, 나는 도망치고 싶었다. 회한
과 기쁨이 교차되는 밤들을 며칠 보낸 것 같은데 정신을 차려보니 벌
써 봄이다. 아― 그래, 내가 시인이 되었구나. 어쨌든 시를 써내야 하
는 사람이 되었구나…… 야 징그럽다, 징그러워. 그럼 도망가야지.
암. 그래. 누구 붙드는 사람도 없는데 내가 왜 뭣하러?
　그러나 나는 결국 내가 도망치지 못할 것임을 안다. 왜냐하면 달리
할 일이 없기 때문이다. 이런 걸 팔자라고 하나보다.


　두렵다. 내 자신이 얼마나 오래 버틸지, 언제까지 쓸 수 있을지 자
신이 없다. 다만 한 가지, 내가 하고 싶은 이야기를 할 수 있는 만큼만
하겠다는 생각뿐. 나는 지금 민족문학이니 민중문학이니 하는 데 필
연적으로 따르게 마련인 어떤 의무감이나 뭐가 돼야겠다는 내적인 자
기강제로부터 멀찌감치 떨어져 있다. 그저, 어중간한 어정쩡한 전망
보다는 괜찮은 부정 하나 하고 싶다. 그리고 시 이전에 삶에 대한 고

민이 더 깊고 끈질기다는 것. 어떤 이데올로기도 현재 우리를 구원할
수 없으며 결국 사랑과 연민만이 나 아닌 너를 더듬고 이해할 힘을 준
다는 것, 잘 보낸 하루가 그저 그렇게 보낸 십 년 세월을 보상해줄 수도
있다는 것. 이 정도가 지금 내가 자신 있게 할 수 있는 말의 전부이다.

유토피아로 가는 길을 나는 모르고 어쩌면 그건 동경의 대상일 뿐
존재하지 않을지도 모른다. 그러나 살아 있는 한 우리는 꿈꾸기를 포
기할 수 없을 것이다. '꿈'만이 이 지긋지긋한 현실을 견디게 하니까.

(『민족문학작가회의』, 1993년)

# 아마추어를 위하여

한겨레신문 3월 20일치에 실린 「아마추어 영화비평 범람경고」라는 제목의 글을 읽고 착잡한 심정으로 펜을 들었다. 이 기사는 나에게 영화비평, 나아가 비평일반에 대해 회의하도록 만들었다.

80년대 들어 급속히 넓어지기 시작한 비평의 지평은 필자 Y씨의 표현대로 가히 범람할 지경으로 느껴지는 건 사실이다. 일반독자들에게 처음에는 조금 어색할 정도로 참신하게 들렸던 영화비평은 그 말 자체도 이미 상식어로 자리잡았다. 일간신문의 고정란을 확보했을 뿐 아니라 유수한 월간지와 계간지, 심지어 포르노 주간지에서도 명색이 영화에 대한 글들이 심심찮게 등장한다. 바야흐로 우리는 지금 영화와 영화비평의 대중소비시대 사회에 살고 있다. 그러한 영화 관련 글들의 상당수가 영화를 전공하지 않은 소위 비전문가들에 의해 쓰이고 있다. 그러나 나는 Y씨처럼 전문가와 비전문가라는 대립구도를 설정하기 전에 이 땅의 평론가라는 사람들이 자신의 상식을 의심해보았으면 좋겠다.

비평이란 무엇인가? 궁극적으로 삶의 표현인 예술을 논함에 있어 비평가의 임무는 독자로 하여금 주어진 작품을 더 깊고 풍부하게 이해하도록 도와주는 것이다. 나아가 작품을 통해 우리네 삶을 다시금 돌아보게 하는 것이다. 그런데 그간 쏟아져나온 대다수 영화비평을 보면 작품을 보다 잘 이해하게 하기는커녕 살아 있는 작품을 논리로 가두어 일반독자의 순수한 감수성을 죽이는, 일종의 살인행위에 가까운 잘못을 저지른 경우가 많았다고 생각한다.

Y씨의 글을 읽으며 느낀 것도 이런 상식의 차원에서의 유감이다. 전문용어로 범벅을 한다고 그 글이 전문적인 글이 되는 것은 아니다. 물론 나는 영화평론을 쓰려면 전문적인 영화언어와 영화내러티브를 정확하게 읽을 수 있는 능력과 논리를 갖추어야 한다는 그의 주장에는 동감이다. 그러나 그 이전에 최소한 문맥이 통하는, 말이 되는 비평을 하면 좋겠다. 의미가 통하기는커녕 문법적으로 도대체 말이 되지 않는 비평들이 우리 주변엔 너무 널려 있다. 이런 성공적인 쓰레기들을 이제 버려야 할 때가 아닌가?

관객들 모두가 영화전문용어를 학습해서 알아야 지루하지 않게 그

영화를 볼 수 있는 건 아니다. 삶에 대한, 인간에 대한 이해 없이 우리는 작품을 제대로 감상할 수 없으며, 나아가 영화언어나 영화내러티브도 제대로 전달될 수 없다. 특정 작품에 대해 자신과 견해를 달리하는 사람이 있다고 그를 무지하다고 몰아붙이는 식의 태도는 전문가다운 이성을 갖추었다고 보기 어렵지 않을까?

(한겨레신문, 1993년)

# 단추의 비밀

"누구나 예술을 이해하려고 한다. 그렇다면 왜 새의 노래를 이해하려고 하지 않는가? 왜 우리를 둘러싼 모든 것, 밤이나 꽃을 완전히 이해하지 않고 사랑할까?"

현대미술 전시회에 몰려드는 관람객들에게 피카소가 한 말이다. 최근에 나는 예술과 인생의 관계에 대한 노대가(老大家)의 정곡을 찌르는 통찰을 되새겨볼 기회가 있었다.

계절이 가을에서 겨울로 철갈이할 무렵이었다. 옷장 속을 정리하다 구석에 처박힌 낡은 티셔츠 하나가 눈에 띄었다. 잦은 이사에도 버리지 않고 간직해온, 아마도 내가 지닌 옷 중 가장 오래된 것이리라. 누구나 그런 기념품 같은 옷이 하나쯤 있을 것이다. 버리기는 아깝고 그렇다고 잘 입어지지도 않아 외출할 때마다 눈만 맞추고 제자리에 모셔두는, 그래서 긴 세월 동안 켜켜이 쌓인 먼지와 손때로 마치 버림받은 애인에 가까운 신세로 전락한 옷. 그래도 서랍 속에 당당히 자리를 차지하고 앉아 계절이 바뀔 때마다 불쑥불쑥 튀어나와 우리를 스산하게 만드는, 옷이라기보다는 하나의 골동품에 가까운 물건이 있다.

이런저런 상념에 빠져 무심코 셔츠를 접는데 단단한 단추가 손에 잡혔다. 세상에! 나도 모르게 감탄이 나왔다. 내가 그 셔츠를 처음 사입었을 때가 대학 신입생 시절이었으니 가만있자, 벌써 십오 년 가까이 됐는데 단추들이 조금도 헐거워지지 않은 채 처음 달렸던 자리에 그대로 완강하게 붙어 있었던 것이다. 어떻게 이런 일이…… 그동안 빨아도 숱하게 빨았을 텐데. 불과 며칠 전에 산 옷의 단추도 한번 세탁기에 들어갔다 나오면 실이 늘어지거나 심하면 단추가 아예 떨어지는 경우가 태반인데.


내겐 그 낡고 허름한 천에 붙어 있는 단추들이 보석처럼 빛나 보였다. 그리고 어느 예술작품 못지않게 그 물건이 신비로워 보였다. 누가 만들어 박았는지 얼굴도 이름도 모르나 그 옷을 만든 사람에게 경의를 표하고 싶었다. 왜 그러지 않겠는가…… 피카소의 지적대로 나 역시 유명하다는 예술작품에는 애써 감동하는 척하며 가까이 있는 생활용품에는 감동은커녕 아예 눈길조차 주지 않았으니. 이제부터라도 '단추의 비밀'을 이해하며 살아야겠다.

(『하늘마음』, 1994년)

# 통일도 생활이다

  '사랑'과 '통일'처럼 사람들 입에 자주 오르내리나 그 뜻이 제각각
으로 이해되는 말도 드물다. 아마도 지난 반세기 동안 가장 방송을 많
이 탄 말을 꼽으라면 이 두 단어를 빼놓을 수 없을 것이다. 그러나 흔
히 쓰인 만큼 시간이 지남에 따라 다소 빛이 바래진 이 말들은 지금의
내겐 어떤 각별한 감흥도 불러일으키지 않는다. 그동안 사랑과 통일
에 여러 차례 속았던 탓일 게다.
  초등학교 교과서에서 대학가의 대자보, 유행가에서 정치판의 선거
공약에 이르기까지 우리 사회는 분단 후 오십여 년간 통일에 대한 거
대한 환상을 키워왔다. 그러나 직접 전쟁을 겪지 않은 나 같은 전후세
대에게 통일이란 그 말이 추상하는 바를 넘어선 어떤 구체적인 실감

으로 다가오지 않는다. "우리의 소원은 통일, 꿈에도 소원은 통일"이라지만 나에게도 그게 그렇게 좋은 것인지는 그때 가봐야 알 것 같다.

통일은 과연 내 삶에 어떤 영향을 미칠까? 생각해보니 내가 선택할 수 있는 남자의 폭이 두 배로 늘어난다는 사실은 확실히 신나는 일이다. 누가 아는가. 그중 괜찮은 사람 하나 건질 수 있을지. 물론 꿈꾸는 것은 자유다. 역사 이래로 인류는 현실이 견디기 힘들수록 꿈을 찾았고, 그 꿈을 보다 아름답고 완벽하게 만들고자 애써왔으니까. 그래서 때로 꿈이 현실로 변하는 기적을 창조하기도 했던 게 아닌가. 그러나 그런 기적은 하늘에서 그냥 떨어지는 게 아니라 고되고 오랜 준비기간을 거쳐 잉태되는 것이다.

소심한 나는 앞뒤 안 가리고 무조건 통일, '통일'을 외치는 사람을 보면 덜컥 겁부터 난다. 이자가 혹시 무력에 의한 흡수통일을 꿈꾸지 않나? 의심이 앞선다. 맹목적인 결합은 사랑 없는 결혼처럼 공허하고 위험한 까닭이다.

현재 우리 사회가 안고 있는 모든 문제들이 분단에서 유래한 것만은 아니다. 그리고 통일을 앞당긴다고 해서 당장 오늘과 다른 내일이 우리 앞에 펼쳐지지는 않을 것이다. 그러니 무턱대고 통일을 소원하기 전에 부디 한번 곰곰이 생각해보자. 환상이 깨질 때의 참담함을, 남과 북의 서로 다른 두 체제의 만남이 야기할 엄청난 충격과 혼란을.

이데올로기가 다르면 사고방식은 물론 정서도 다를 텐데, 그 간극은 무엇으로 메울 것인가. 소위 통일비용이라는 돈으로, 서로 합쳐지고자 하는 열망만으로 분단 반세기의 세월이 파놓은 거대한 골을 메울 수 있다고 착각하는 사람이 있지나 않은지. 북한이 개방되면 남한의 땅투기꾼들이 너도 나도 돈뭉치 싸들고 북으로 몰려가지나 않을까. 금강산개발이니 뭐니 하여 멀쩡한 산과 강을 마구 파헤치지는 않을까.

통일에 따른 이런 부작용들을 고려해볼 때 나는 오히려 이왕 기다린 김에 좀더 기다려보자고 제안하고 싶다. 사랑, 결혼과 마찬가지로 통일도 생활이다. 급하다고 서두를 게 아니라 남과 북이 서로 이해하고 존중하며 더불어 살아갈 수 있는 기반을 쌓아나가는 자세가 필요하리라. 그리고 그 결합이 야합이 아닌 바에야 누군가의 어두운 밀실에서가 아니라 대낮의 햇살 아래, 남과 북의 온 국민이 지켜보는 가운데 혼례식이 치러져야 한다. 그래야 새로 시작되는 아침이 아침답게 찬연히 빛날 것이니…… 이 봄, 나는 신랑을 맞이하는 새색시의 마음으로 통일을 기다린다.

(한겨레신문, 1995년)

# 백야일기

## 6월 6일

햇볕이 이렇게 뜨거울 줄이야. 음침한 북구를 상상했는데 보기 좋게 빗나간 셈이다. 금요일 오후 4시경 핀란드 헬싱키의 반타 공항에 도착해 노란 택시를 기다리는데 어질어질 현기증이 났다. 뜻밖의 더위를 먹은 것이다. 떠나기 며칠 전에 전화로 그곳 날씨를 물었을 때 아직 춥다는 선생님의 말에 덜컥 겁을 먹고 긴팔 내의와 재킷으로 단단히 무장을 하고 비행기를 탔다. 스톡홀름에서 비행기를 갈아타기 위해 잠시 내렸을 때부터 이상하게 덥다고 생각했지만, 설마했었다. 발트해를 건너면 기상이 급변할지도 모르지 않은가.

한국의 여름을 방불케 하는 무더운 날씨였다. 공항 밖에서 30분가

량 기다려 노란 택시를 탔다. 말이 택시이지 12인승 봉고차에 방향이 비슷한 승객들을 서너 명 함께 태우는, 우리나라 역 근처에 많이 있는 총알버스에 가깝다. 한 손으론 핸들을 잡고 한 손으론 휴대전화를 든 젊은 운전사가 친구들과 전화를 하는 틈틈이 내게 말을 걸었다(나중에 알게 된 바지만, 내가 길거리에서 마주친 북유럽 사람의 절반가량이 휴대전화를 갖고 있었다). 휴대용 전화기를 처음 발명한 나라가 핀란드라고, 관광안내책자에서 읽은 기억이 났다. 국토는 넓은데—한반도의 약 3배—인구는 적어 약 오백만 명. 게다가 전체 면적의 3분의 2가 숲으로 덮여 있고 10분의 1은 물에 잠긴 호수의 나라 핀란드. 그 외진 땅덩이의 구석구석을 연결하는 통신-운송수단이 일찍이 발달할 수밖에 없었을 것이다.

주말 오후인데도 거리에 사람이나 차가 별로 없었다. 일인당 국민소득이 세계최고수준이라는 나라의 수도답지 않게 한산하고 적막한 풍경에 나는 마치 시골에 온 것처럼 마음이 놓였다. 사방이 숲이고 물천지였다. 도시 전체가 거대한 공원이라고 해도 과언이 아니리라. 등줄기가 하얗게 벗어진 자작나무들이 하늘을 향해 쭉쭉 뻗은 모습이 장관이었다. 초록의 이파리들이 삐죽삐죽 땅을 향해 고개를 떨군 그 침엽의 숲이 괜시리 쓸쓸한 느낌을 자아냈다.

육체의 눈은 여름을 보지만, 마음의 눈은 이미 가을을 지나 겨울로 치닫는 내 속의 우울에 잠시 난 사로잡혀 있었다. 여름에 겨울을 기억해야 하는 이 오랜 지병을 떨치려 길을 떠났는데…… 멀리 핀란드의 침엽수림이 다시 나를 건드린 것이다. 그 이방의 숲으로 천천히 걸어 들어가면 어디선가 나의 잊혀진 유년을 만날지도 모른다. 밑도 끝도 없는 상념에 빠져 있다 정신을 차려보니 어느새 차가 태극마크가 새겨진 대문 앞에 와서 멈췄다. 목적지인 헬싱키의 한국대사관저에 드디어 도착한 것이다.

바다가 내다보이는 저택의 2층 거실에서 선생님을 만나 뵈었다. 대학을 졸업한 뒤로 물경 십이 년 만의 해후이다. "잘 왔어." "선생님—" 그동안, 그 오랜 세월이 흐르도록 한번 연락도 없다가 불쑥 나타난 제자를 선생님은 반갑게 맞이하셨다.

저녁을 먹은 뒤 우리는 근처의 호숫가로 산책을 나갔다. 수면 위로 솟은 태양이 손 뻗으면 잡힐 듯 아주 가까이에서 깜빡거렸다. 과연 백야의 나라 핀란드에 온 게 실감이 났다. 신기해서 자꾸 해를 쳐다보는 내게 선생님께서 충고하시길, 석양도 얼마나 눈이 부신지 선글라스를 끼지 않으면 눈병이 난다고.

## 6월 8일 일요일

헬싱키에서 사흘째. 날씨는 여전히 화창하다. 일주일 전만 해도 저녁에는 겨울코트를 걸쳐야 할 만큼 쌀쌀했다는데, 언뜻 믿기지 않는 얘기이다. 불과 며칠 만에 신록이 이렇게 짙고 무성해졌다며, 선생님께서 직접 찍으신 사진을 증거로 보여주셨다. '1997년 6월 4일'이라고 날짜가 박힌 사진 속의 풍경과 지금 내 눈에 들어오는 풍경의 차이가 놀라울 따름이다.

어제 헬싱키 교외에 있는 건축가 사리넨(Saarinen)의 스튜디오와 바다의 요새를 갔다 오느라 피곤해서인지 눕자마자 잠들었다. 깨어나 시계를 보니 오전 3시 조금 지났는데, 커튼 너머 창밖이 대낮처럼 훤하다. 이게 바로 백야라는 것인가. 짜릿했다. 창가에 물끄러미 앉아서 눈앞에 펼쳐진 그 낯선 시간을 음미했다. 그리고 내가 맛본 하얀 밤의 감동을 생생하게 벗들에게 전하고파 편지를 썼다.

### S에게

무더운 여름을 무사히 통과하고 있는지? 여긴 핀란드 헬싱키야. 바다, 호수, 섬, 자작나무, 백조…… 이 모든 풍경의 주인은 작열하는 태양이지. 밤 11시까지도 환해. 자정 무렵부터 잠시 흐릿하다 새벽 1시 반경에 다시 동이 트는, 요상한 시간 속을 난 부유하고 있어. 밤이 깊은지 모르고 돌아다니다 문득 시계를 보면 자정이 넘었기 일쑤이지. 활동시간이 길어진데다 아무리 커튼을 쳐도 해가 들어오니 잠을 제대로 이루지 못해 좀 피곤해. 한국의 캄캄한 밤이 벌써 그립다 그리워.

세상의 여름이란 여름은 다 이곳에 모이지 않았나 싶을 만치 태양이 가까이, 바로 내 머리 위에서 불타고 있어. 지중해보다 더 뜨거운 것 같아. 일 년 중 이맘때를 위해 여기 사람들은 기나긴 겨울을 견딘다고 해. 눈이 녹는 바로 그날부터 백야의 여름이 시작된다고. 6월에서 7월까지 한두 달 남짓한 여름이라 얘네들은 해만 나면 공원의 잔디밭이나 물가에 벌렁 누워 일광욕을 즐기지. 그 축 늘어진 모습이 멀리서 보면 꼭 생선 말리는 광경을 연상케 해.

거의 매일 저녁 대사관저 뒤뜰의 선창가에 나가 맨발로 잔디를 밟으며 물가를 서성였어. 자작나무 가지에 물새들이 부지런히 울고 바다인지 호수인지 언뜻 분간이 안 되는 푸른 물 위에 백조 한 마리가 떠 있어. 원래 여름이 되면 백조들은 더 북쪽으로 이동한다는데, 혼자서 가지 않고 남은 이상한 놈이지. 그놈과 벗하며 내 속에 차오르는 갈망을 다스렸어. 뒤늦게 날 태우는, 이 얼빠진 열망이 주인을 제대로 찾기나 한 건지…… 자신이 없고 두렵다.

드디어 어제 바닷가에서 일몰을 보았지. 무지갯빛으로 물든 하늘과 물이 왠지 가슴을 미어지게 하더라. 우리가 제대로 즐기지도 못하고 떠나보낸 청춘이 생각났어. 내가 너무 우울한 얘기를 했나? 인생은 기니까, 앞으로를 기대해보자. 그럼 이만 안녕!

## 6월 9일

오늘 처음 대사님과 단둘이 테라스에 앉아 맥주를 기울이며 긴 대화를 나누었다. 나는 그간 궁금했던 일들이며 내 인생의 풀리지 않는 문제들에 대해 선생님의 의견을 구했다.

"인생에서 언제 싸우고 언제 타협해야 하나요?"

"큰 일에는 원칙을 지키고, 작은 일에는 타협해야지."

"하지만 선생님. 어떤 상황에 빠져 있을 때에는 무엇이 중요하고 무엇이 부차적인지 분간이 잘 안 되잖아요. 그럴 땐 어떻게……?"

"시간을 두고 지켜보면 저절로 알게 되지."

시간이 가는 줄 모르고 이야기를 나누다 밤늦게 잠자리에 들었다. 나로선 배우고 느낀 게 무척 많은 소중한 하루였다.

## 6월 10일

헬싱키에서의 마지막 날이다. 그동안 이곳의 때묻지 않은 순수한 자연에 매료되어 방문을 미루던 미술관 탐방에 나섰다. 헬싱키 중앙역 건너편에 위치한 핀란드 국립미술관 2층의 상설 소장품들을 둘러보았다. 반 고흐, 고갱 등 유럽의 유수한 모더니스트들의 걸작들도 심심치 않게 진열되어 있었지만, 난 대충 이름만 확인하는 정도로 지나쳤다. 그런데 무명의 핀란드 화가가 그린 소품 한 점이 무척 인상적으로 다가왔다. 휴고 짐베르크(Hugo Simberg, 1873~1917)의 〈부상당한 천사〉(1903년 작). 어린 두 소년이 부상당한 아기천사를 들것에 싣고 운반하고 있는 광경을 묘사한 재미있는 그림이다. 흰옷을 입은 천사의 머리엔 심각한 상처를 입었음을 암시하는 하얀 두건이 매어져 있는데, 그 천진한 발상이 귀엽고 기발하다. 아직 얼음이 녹지 않은 바다와 희끗희끗 잔설로 덮인 산이 멀리 배경으로 깔리고 근경엔 흰 꽃이 군데군데 피어 있다. 핀란드 특유의 기후가 아니면 나오기 힘든 자연묘사이다. 얼음이 녹고 있는 봄날에 천사는 무슨 일로 머리를 다쳤을까? 한 손에 꽃을 든 채…… 그리고 아, 천사는 맨발이었다. 들것을 든 인간소년들의 무거운 장화차림과 눈부신 대조를 이루는 무방비 상태의 맨발, 그 순정한 여린 살의 수난이 동심의 세계에 빠져 있던 나를 어른들의 세계로 데려다주었다.

전시회장을 나오려는데 계단 중턱에 설치된 투명한 유리상자 안에 웬 남자 누드가 서 있었다. 이게 설치작품인가, 진짜 사람인가? 깜짝 놀라 상자 주위를 빙 돌며 자세히 살펴보았다. 숨을 쉴 때마다 배꼽 부위만 조금 움직이고 눈꺼풀이 간헐적으로 깜박일 뿐, 몸통과 사지는 꼼짝도 하지 않았다. 그들 앞에서 신문기자인 듯한, 카메라를 멘 사람들이 사진을 찍느라 야단법석이었다. 그중 한 사람에게 물어보았다. 그녀의 설명에 의하면, 이건 〈도피한 조각〉이란 제목의 행위예술이란다. 나중에 한국에 돌아와 작가들로부터 직접 그날의 해프닝에 대한 신문논평들이 실린 팩스를 받아보고 나서야 비로소 그 요란스런 행위의 의미를 파악할 수 있었다. 죽어 있는 사물이 아니라 인간 자체를 예술의 소재로 삼겠다는 의도로 그들은 자신들의 몸통을 미술관이라는 친숙하지만, 한편으론 소외된 공간 안에서 전시한 것이다. 즉 그들은 미술관이 보여줄 수 있는 '작품'의 한계를 암시하며 예술과 인간의 관계에 대해 묻고 있는 것이다. 굳게 입을 다물고 유리상자 안으로 도피한 채 그들은 절규한다. "예술은 밖으로 뛰쳐나가고 싶어하고, 인간들 사이에 끼여서 살고 싶어한다"라고.

요즘 유행하는 포스트모더니스트들의 가벼운 장난인 줄로 알았는데 꽤 의미심장한 메시지가 들어 있었다. 자신들의 몸을 기꺼이 예술의 재료로 바친 두 사람은 독일 함부르크 출신의 토마스 베르너와 요켄 뷘스텐빌트이다. 원래 3부로 기획된 행사의 일환으로 내일은 헬싱키 도심 한복판의 가로수 위에 올라가 〈살아 있는 조각〉이란 제목으로 두번째 퍼포먼스를 기획하고 있다는데, 스톡홀름으로 가는 배를 예약해놓은 상태라 아쉽지만 거기서 발길을 돌리고 말았다.

스톡홀름, 오슬로, 베르겐, 런던, 파리…… 그후 약 이십 일간을 또다시 낯선 이방의 도시들을 떠돌다 집으로 돌아왔다. 『시대의 우울』을 쓰기 전 두 차례에 걸친 유럽여행 때에 비해 이번엔 좀 피곤해 일찍 귀국했다. 세상이 다르다는 걸 즐기기에는 내가 이미 늙은 것인가.


이 글을 쓰는 지금 내 책상 위에는 유럽에서 갖고 온 사진들과 그림엽서, 책들이 어지러이 널려 있다. 나를 사로잡았던 그때 그 순간들이 못박은 듯이 고정되어 있는 한 편의 영상 앞에서 나는 때로 전율하고 때로 한숨짓는다.

나를 스쳐간 온갖 생각과 느낌들의 켜가 하나로 녹아든 부드러운 파스텔 색조의 유혹과 환멸로 그것들은 내게 손짓한다. 그래서 그 소소한 시간과 장소들이 환기시키는 눈부심과 어둠들이, 애틋함과 안타까움이 불현듯 되살아나 어느 날 나를 잠 못 이루게 하리라. 그러면 나는 다시 일어나 짐을 꾸리고 또다른 세상을 꿈꾸며 익숙한 것들을 뿌리치고 떠날지도……


유럽에서 돌아온 지 어언 한 달이 지났지만 내 눈은 문득문득, 맹렬하게 타오르던 백야의 황혼을, 하얀 자작나무 숲을 더듬는다. 내 가슴 한켠에서는 아직도 백조 한 마리가 외로이 헬싱키의 호숫가를 맴돌고 있다. 맨발로 잔디를 밟던 어느 여름날 오후를 아마 나는 잊지 못하리라.

(중앙일보, 1997년)

# 대낮의 햇살 아래 그들을
## 만나고파

1997년 여름. 여행에서 돌아와보니 그 편지들이 날 기다리고 있었다. 원주 우체국 사서함 87-1000. 그리고 또하나, ─ 대구 화원 우체국 사서함 1-3117이라고 주소 대신 일련의 번호들이 적힌 편지 두 통의 발신인은 감옥에 있는 백태웅과 황인욱이다. 이제는 익숙할 때도 되었건만, 그 아라비아 숫자들이 내겐 여전히 낯설다. 이름을 뺏기고 번호로만 남은 사람들, 이 유치찬란한 총천연색으로 들뜬 세기말에 회색의 수의에 갇혀 하루하루를 보내는 사람들, 자신들의 남다른 신념을 표현하고 그 신념을 조직했다는 이유 하나로 시퍼런 청춘을 저당 잡혀야 하는 이들 ─ 우리는 그들을 양심수라고 부른다.

그래, 그들이 아직도 거기에 있지. 수인번호가 찍힌 봉투를 뜯을 때마다 난 늘 만감이 교차한다. 와락, 반가우면서도 저릿, 가슴 한켠이 쓰리다. 글로써만 교제하는 내가 이런데 하물며 그들의 가족과 아내들은 어떠할까? 이 찜통더위에 그들을 뒷바라지하랴 석방운동하랴 땀을 흘리고 있을 사람들에 생각이 미치자 잠시 아득해진다. 내 고민만 싸안고 살기에도 벅찬 지난 몇 년이었지만 그래도 뭔가 했어야 하지 않았을까?

유럽을 세 차례나 드나들면서도 난 대구에 있는 인욱을 단 한 번 면회 갔을 뿐, 원주 교도소에 수감중인 백태웅과는 여태 얼굴 한번 마주한 적이 없다. 근 3년 가까이 서신왕래를 한 사이인데도 말이다. 신문에선 전두환, 노태우 두 전직 대통령의 사면이 심심치 않게 거론되고 있었다. 이럴 수가…… 5,6공의 폭압적 정권이 양산한 양심수들은 5~6년 넘게 감옥에서 썩고 있는데, 전-노는 들어간 지 얼마나 됐다고 벌써 풀어준다 어쩐다 시끄러우니. 도대체 어드렇게 돼가는 세상인가. 거꾸로 돌아가는 세상에 대한 환멸로 무슨 일이 벌어지든 더이상 놀라지도 분노하지도 않던 나였지만, 이번에는 그저 혀만 끌끌 차고 있을 수만은 없다고 생각했다. 감옥에서 온 편지들을 공개하기로 마음먹은 것은 나의 이런 뒤늦은 반성의 결과이다. 그것이 얼마나 그들에게, 그들의 석방운동에 도움이 되는지는 자신이 없지만.

그 두 사람과의 인연은 어느 날 우연히 시작되었다. 남조선노동당 사건으로 수감중인 황인욱과는 최근에 핀란드에 계신 이인호 대사님의 부탁으로 내 책을 부치면서, 그리고 백태웅과는 94년 겨울에 그가 시집 『서른, 잔치는 끝났다』를 읽은 소감을 담은 새해 연하장을 보내오면서 서로 소식을 전하기 시작했다. 대학 4년 후배인 인욱과는 예전에 오며가며 서너 번 마주친 사이지만, 백태웅과는 속세의 어느 거리에서도 부딪친 적이 없는 생판 '남'이었다. 한때 이 나라를 떠들썩하게 했던 세칭 사노맹(남한사회주의노동자동맹)사건의 총책으로 널리 알려진 그를 그간 풍문으로만 접했을 뿐.

"안녕하세요. 최영미 선생님! 멀리서 안부인사 드립니다"로 씩씩하게 시작되는 그의 첫 엽서를 받고 나는 조금 놀라웠다. 그리고 '잔치 현장을 떠나지 못하고 아직 그릇 설거지를 하고 있는' 나를, 내 시를 가슴으로 읽어준 그가 고마웠다. 그 무시무시한(?) 조직사건의 주모자요, 80년대 운동권의 이론투쟁을 주도했던 장본인답지 않게 그는 뜻밖에도 여리고 맑은 심성의 소유자였다.


"아침부터 이은상 작시, 김동진 작곡의 '가고파' 악보를 붙들고 노래를 익히느라 끙끙대고 있습니다. 가르쳐줄 사람은 없고 그나마 악기도 없어 악보만으로 노래를 불러보려니 여간 어려운 게 아닙니다. 으뜸음 잡고 손으로 박자 맞추어가며 계명으로 부르는데……


내 고향 남쪽 바다 그 파란 물 눈에 보이네

꿈엔들 잊으리요 그 잔잔한 고향바다

지금도 그 물새들 날으리 가고파라 가고파

……세상 일 모르던 날이 그리워라 그리워"


그러다가 갑자기 사장조가 라장조로 바뀌어 음을 잡기가 어려워진다고 고백하는 그. 징역생활에 그런대로 적응을 잘해서 매일매일 즐겁게 살고 있다며 "모두들 세상살이 힘들다고 난리인데 저만 너무 유유자적하는 건 아닌가"고 미안해하는 그 앞에서 난 할말을 잊는다. 애써 밝은 이야기만 전하려는 그의 고운 마음씨가 행간에서 절절히 느껴지기 때문이다. 1.5평의 독방에 갇혀 있는 그가 때로는 26평의 아파트에서 스스로 만든 감옥에 매여 허둥대는 나보다 더 여유 있게 현실을 살아내는 게 아닌지.

글을 주고받았다고 하나, 난 주로 받는 편이었다. 또박또박 정성을 들여 눌러 쓴 그의 긴 편지를 받으면 난 늘 대충대충 휘갈린 삐뚤체로 짧게 응답하곤 했다. 그것도 꼭 한두 달 늦게, 때로는 1년 만에 문득 생각났다는 듯이 겨우 답장을 보낸 적도 있다.

드문드문 소식이 오고가는 사이에 1년이 가고 2년, 어느덧 3년의 세월이 흘렀다. 언제부턴가 나는 감옥에서 온 편지들을 따로 담아 보관하게 되었다. 그리고 가끔씩 서랍을 열어 그 철 지난 사연들을 천천히 다시 음미한다.

"……우리가 발 딛고 사는 이 땅을 좀더 밝고 인간다운 세상으로 만들기 위해서는 무엇보다 순수하고 따뜻하고 아름다운 마음을 가진 사람들이 많아져야 한다고 생각합니다. 지난 시대에 불꽃처럼 활활 타올랐던 사람들이 이제는 열정을 안으로 갈무리하여 숯불처럼 은은한 열기로 세상을 달구며 이끌어갔으면 하는 바람 간절합니다. 저도 그렇게 살고 싶고요."

27, 29살의 한창 나이에 영어(囹圄)의 몸이 된 인욱과 태웅. 그들도 이제 서른 중반. 더이상 젊다고만은 할 수 없는 생의 문턱에 와 있다. 어서 빨리 대낮의 햇살 아래 그들의 손을 반갑게 잡고 싶은 마음 간절하다. 인욱의 말마따나 "단절해야 할 것은 깨끗이 단절하고 부정할 것은 과감히 부정하면서" 각자 자신들의 길을 가기를…… 그래서 우리가 사는 이 세상을 좀더 살 만한 곳으로 바꾸는 데 한몫하기를…… 멀리서 나는 빈다.

(『한겨레 21』, 1997년)

# 월든

우선, 내가 이 위대한 책을 끝까지 다 읽지 못하고 서평을 쓰는 걸 무덤에 누운 저자 소로와 독자대중께서 용서해주길 바란다. 시간에 쫓기었다기보단 시간이 너무 많아 벌써 일주일 넘게 이 책을 붙들고 있다. 한 구절 한 구절 밑줄을 치며 음미하느라 진도가 안 나갔던 것이다.

『월든』은 한마디로 뭐라 설명하기가 애매한 책이다. 하버드 대학을 졸업한 뒤 안정된 직업과 미래를 거부하고 2년여간 월든 호숫가 숲속에 들어가 손수 집을 짓고 밭을 일구며 자급자족했던 고집스런 은둔자의 일기인 줄만 알고 유유자적 읽다보면, 어느새 여느 정치경제학의 고전에 못지않은 날카로운 현실분석이 펼쳐진다. "노동자는 단순한 기계 이외에 다른 아무것도 될 시간이 없다. 인간이 향상하려면 자신의 무지를 항상 기억해야 하는데, 자기가 아는 바를 그처럼 자주 사용해야만 하는 노동자가 어떻게 항상 자신의 무지를 기억할 수 있겠는가?" 자본의 무시무시한 속도전에 치일 수밖에 없는 노동자의 삶을 이처럼 간명하게 단 두 문장으로 요약하다니. 이 보기 드문 통찰력의 소유자가 때로 일급소설가 못지않은 아름다운 자연묘사로 나를 놀래켰다. 예컨대 이런 문장은 어떤가. "안개는 무슨 밤의 비밀회의를 막 끝낸 유령들처럼 살금살금 숲의 모든 방향으로 빠져나가는 것이었다."

불필요한 소비를 줄이면 일 년 중 약 6주일간만 일하고도 생활에 필요한 모든 비용을 벌 수 있다는 '숲생활의 경제학'에 잠시 나는 솔깃했다. 그게 과연 가능한 일일까? 그처럼 설탕과 효모가 들어가지 않은 통밀빵만으로 아침을 때울 수 있다면……

일에서든 연애에서든 뛰어난 계산가가 아니면 성공하기 힘든 문명세계에 대한 저자의 통렬한 비판이 가슴에 와 닿았던 것은 나 또한 사는 데 무척이나 서툰 사람이기 때문이리라.

1854년에 출간된 이래 이 책에 대해 나온 수많은 찬사들에 또하나의 화려한 찬사를 보태느니 차라리 나를 울렸던 문장 하나를 더 인용하며 글을 맺고 싶다.

"이 들떠 있고 신경질적이고 어수선하고 천박한 19세기에 사는 것보다는 이 시대가 지나가는 동안 서 있거나 앉아서 생각에 잠기고 싶다."

　20세기가 끝나가는 지금, 나는 묻고 싶다. 인생의 어느 계절에 이르면 나도 그처럼 홀홀 털고 초연해질 수 있을까?

(동아일보, 1997년)

# 나를 일으켜세운 한마디

1998년 여름, 나는 아파서 집에 누워 있었다. 마침 『경향잡지』에서 원고
청탁이 왔는데 의자에 앉을 수도 없는 상태라 글을 쓸 수가 없었다. 그럼 다
른 필자라도 소개시켜달라는, 마감에 쫓기던 잡지사 편집부의 전화를 받고
퍼뜩 재미있는 생각이 떠올랐다. "어머니, 한번 글 좀 써 보실래요?" 잠시 우
리집에 와 있던 필자의 모친께 장난 삼아 부탁을 했다. "내가 어떻게……"
주저하시는 어머니께 용기를 북돋아드렸지만, 난 내심 설마? 했었다. 그런
데 며칠 뒤 어머닌 내게 정성들여 눌러쓴 글씨로 가득한 종이를 내미셨다.
긴 문장을 한두 번 끊어주었을 뿐, 나는 당신께서 손으로 쓴 초고를 그대로
잡지사에 넘겼다.

내가 쓴 시어들의 상당 부분은 어머니의 살아 꿈틀대는 언어에서 빌려온 게
많다. 그 고마움을 언젠가 글로 표현하고 싶었다. 그래서 이번에 수필집을 엮을
때 어머니의 글을 '특별출연'시키기로 편집자의 양해를 구했다.

지금은 고인이 되신 고 김창석(다두) 신부님의 한마디로 좌절 속에 깊이 빠져 있던 나는 정신을 가다듬게 되었다.

세검정 성당에서 그 시절 매주 화요일이면 레지오 단원들을 위한 성경공부가 있었는데, 김창석 신부님께서 루가복음을 시작으로 성경을 가르쳐주셨다. 성경공부를 열심히 하노라면 내 근심도 잠시 잊어질 정도로 신부님과 우리는 호흡이 잘 맞았다. 어느 날 신부님께서 아우구스티노 성인의 어머니 모니카의 이야기를 우리에게 들려주셨을 때 나는 정신이 번쩍 들었다.

"그래, 마저 더 참아보자. 끝이 있겠지." 모니카는 아들의 방탕한 생활을 지켜보며, 고통을 삼키고 인내하며 기도로써 참아내어 결국은 훌륭한 성인으로 아들을 만들었다는데…… 내 딸은 방탕하는 생활을 하는 것도 아니고 다만 운동권이라는 시대적인 죄명에 무기정학을 당하고 그 여파로 방황하는 것이 아닌가. 3학기가 지나기 전에 학교로부터 등록하라는 소식이 안 오면 자동으로 퇴학이라는 학교 측의 규범 때문에 언제 소식이 오나, 기다림이 지루하고 초조했던 하루하루였다. 그러던 중 이날 신부님으로부터 모니카의 이야기를 듣고 나는 희망을 갖게 되었다. 딸에 대한 이해와 관용을 갖기로 결심하고 내 몸에 피가 움츠러들 것만 같았던 생활에서 다시 조금이나마 활기를 찾고 하루하루를 즐겁게 지내려 노력했다.

그 결과 딸은 학교도 다시 복학이 되고 졸업도 하였다. 하지만 막상 졸업을 하고 보니 일거리를 찾는 게 문제였다. 본인은 자기는 죄인이 아니라는 생각에 언론사나 방송국 등을 다니면서 입사시험을 쳤지만, 1차 필기시험에서는 합격을 했다고 통지서가 날아왔지만 2차 논술시험에서는 하나같이 똑같은 대답이 오곤 했다. "죄송합니다. 다음 기회에 오세요."

속상해하는 딸을 보는 어미 마음은 편치 않았다. 두어 차례 이같은 답을 듣고 나니 '이 시대에는 너는 취직은 안 된다'라는 말이 저절로 나왔다. 세상이 바뀌어야 어디선가 너를 쓸 것이다, 막연한 기다림이었다. 그러기를 십 년. 십 년의 세월을 기다리면서도 나는 신부님에게서 들은 모니카 이야기를 스스로에게 상기시키며 살아왔다. 언젠가는 세상이 바뀌겠지. 지금처럼 한 달에 두 번씩 정보계 형사가 우리집을 드나들며 체크하는 일이 없어질 날이 오겠지.

내 딸이 어릴 때부터 책을 손에서 떼놓는 적이 없이 살아왔는데 언젠가 빛을 볼 날이 있겠지, 하는 마음으로 구박을 하다가도 돌이키곤 하는 세월을 살아온 결과 세상도 바뀌고 내 딸도 92년에 시인이라는 이름 하나를 얻으니 그동안에 상했던 내 자존심이 다소나마 치유되는 듯했다.

딸이 데모에 가담하다 열사흘간 구류를 당하고 풀려난 다음날, 영치한 책을 찾으러 관악서에 갔을 때 받은 치욕은 지금도 잊혀지지 않는다. 서른도 채 될락 말락한 젊은 경찰에게 반말지거리로 "왜 왔어?"

라는 말을 듣고도 "책 찾으러 왔어요" 하면서 꿀꺽 삼키던 내 상한 마음이 평생 가슴속에 응어리져 있었다. 그러나 지금은 94년에 낸 시집에 실린 글이 과거에 겪었던 그 모든 일들을 일축시킨 듯한 생각에, 또한 후세에 이 시절에 있었던 일들을 사람들이 딸의 시를 통해 읽을 것을 생각하니 어느새 내 마음속 상처도 녹아버리는 듯하다. 내 딸도 이제는 시인으로 인정도 받고, 과거를 돌이켜볼 때 아무 데도 취직이 안 되었을 때도 있었지만 지금은 그 세월만큼 메워주는 생활을 하니 하느님으로부터 받은 선물이라 생각하고 항상 하느님께 감사드릴 뿐입니다.

(『경향잡지』, 1998년)

# 우연히 내 일기를
# 엿보게 될 사람에게

이 세상엔 한번 시작하면 결코 멈출 수 없는 일이 꽤 있는데, 일기
도 그런 일 중의 하나인 것 같다.

언제부턴가 나는 일기라는 걸 쓰기 시작했다. 어느 날 우연히 손을
댄 게 어느덧 십 년, 이십 년을 훌쩍 넘었다. 괴로울 때나 기쁠 때나
늘 나와 함께했던 일기는 나의 오랜 친구이자 연인이다. 그가 결코 날
실망시키거나 배반하지 않을 거라는 걸 나는 안다.

내가 쓴 최초의 일기는 불태워져 지금 남아 있지 않다. 중학교 1학
년 혹은 2학년 겨울 무렵이었다. 한방을 쓰던 동생이 어느 날 내 일기
를 몰래 훔쳐보고 엄마에게 고자질을 한 게 화근이었다. 그때 내가 쓴

일기의 어떤 대목이 문제를 일으켰는지, 정확히 어떤 내용이었는지…… 몰래 짝사랑한 수학선생님 이야기였던가? 아님, 학교공부를 땡땡이치고 소설책 보러 시립도서관을 다닌 게 들통이 나서였던가? 아무튼 당시로서는 무척 중대한 일이었지만 아쉽게도 지금은 기억할 수가 없다. 하지만 그 일로 내가 심각한 내상을 입었던 것만은 확실하다.

엄마에게 꾸지람을 들었다는 사실보다 누군가 '나'를 읽었다는 것, 동생과 엄마에게 내 비밀을 들켰다는 데 더 경악하고 분노했던 것 같다. 다음날 아침 일찍 학교로 간 나는 너무 이른 시각이라 아무도 없는 텅 빈 교실에서 문제의 공책을 북북 찢어 난로 구덩이에 넣고 태우는 의식을 거행했다. 활활 타오르는 불길을 보며 이제 내 인생은 끝났다고 생각했던 나는 비장한 마음으로 자살을 꿈꾸었다. 그 무렵 미군부대에 다니던 삼촌이 주고 간 정체불명의 하얀 약병 하나가 집 안에 굴러다니고 있었는데, 많이 먹으면 위험하다고 겉봉에 쓰여 있는 걸 보고 순진한 머리를 굴린 것이다. 엄마 몰래 가방에 챙겨 넣은 병을 꺼내 그 속에 든 내용물을 모두 삼킬 작정으로 손바닥에 알약을 쏟아 입에 넣었다. 하나, 둘…… 열 알, 스무 알쯤 먹자 덜컥 겁이 났다. (아마 아스피린 종류였던 것 같다.)

물론 난 죽지 않았지만, 그날 오후께쯤 배가 아파 학교를 조퇴하고 집으로 와야 했다.

그후 한동안 난 일기 따위는 쓰지 않았다. 대신에 당시 유행하던 『아낌없이 주는 나무』의 삽화가 예쁘게 그려진 작은 공책에 감명 깊게 읽었던 책의 한 구절과 명시들을 베껴 적었고, 그사이 틈틈이 누가 봐도 모르게 영어로 일기를 썼다. 그렇게 하면 아무에게도 들킬 염려가 없다는 게 당시 내 서투른 계산이었다.

분홍, 파랑, 녹색 등 색색가지 종이들로 화사하게 제본된 그 시화집 겸 독후감 공책의 첫 장에 또박또박한 글씨체로 나는 이렇게 썼다. "진실. 진실을 가장 사랑합니다." 그다음 페이지엔 『카라마조프 가의 형제들』에 나오는 조시마 장로의 형 마르켈의 말이 인용되어 있다. "인생은 낙원이에요. 우리들은 모두 낙원에 있으면서 그것을 알려고 하지 않는 거예요. 만약 알려고만 한다면 내일에라도 우리들은 지상의 낙원을 가질 수 있을 거예요."

정말 그런가? 진실을 사랑하는 게 내 운명이었던가? 정말 인생이 낙원인가? 가끔씩 생각나면 철 지난 일기장들을 들춰보는 게 내 취미라면 취미이다. 특히 묵은해를 보내고 새해를 맞을 때면 하루하루를 치열하게 살던 옛날이 그리워 일기장을 찾는다. 과거의 나를 통해 현재의 나를 보는 것. 그래서 똑같은 실수를 되풀이하지 않는다면 얼마나 좋을까.

세월이 흘러 생이 내게 준 어찌 보면 사치롭기까지 한 최초의 상처가 또다른 절절한 아픔과 고통들에 의해 희미해지고 잊혀질 무렵 사춘기가 절정에 달했던 고교 2학년 때에 나는 다시 일기 쓰는 일에 몰두했었다. 당시 내가 심취했던 루이제 린저의 소설 주인공인 에리나(Erina)에게 보내는 편지 형식으로 쓰인 뜨거운 고백들…… 베토벤과 전혜린, 그리고 장 크리스토프에 빠져 속물이 정확히 뭔지도 모르면서 속물을 가장 경멸하던 그 시절 나의 좌우명은 "젊은이여, 항상 어려운 길을 택하라!"였다.

운명을 휘어잡은 초극(超克)의 생애, 베토벤을 숭배하고 베토벤을 닮고자 했던 갈망으로 부풀어올랐던 삐뚤체의 기록들은 그러나, 1979년 4월 7일로 막을 내린다. 어느새 고3이 된 나는 앞으로 내 인생에서 일 년을 빼자고 다짐하며 일기장을 덮었다.


1980년에서 1985년까지 어둡고 침침했던 시대를 고민하며 살았던 대학시절에 난 일기를 쓰지 않았다. 아니, 쓰지 못했다. 현실의 무게에 눌려 나날의 현실을 기록할 힘과 여유를 빼앗겨서였다.


내가 다시 본격적으로 일기에 매달린 것은 1986년, 내 나이 스물다섯 되던 해에 한 선배로부터 일기장을 선물 받고부터였다. 그건 일찍이 내가 가져보지 못한 근사한 선물이었다. 하드커버에 고리가 달려 자물쇠로 잠글 수도 있는 꿈에 그리던 일기장을 처음 만져보던 날 나는 얼마나 흥분했던가.

내 시의 최초의 독자였던 그. 전화로 내가 방금 쓴 따끈따끈한 시들을 읽어주면 재미있다고 깔깔 웃던, 혹은 너무 슬프다며 한숨짓던 그는 첫 시집 『서른, 잔치는 끝났다』의 산파역을 했다.

일기는 내 문학의 시작이자 끝이다.

내가 쓴 최초의 시들은 일기장에 발표되었고 또 내 인생이 종말을 고하는 그날, 내가 세상에 남길 마지막 작품은 최후의 그날 아침, 혹은 그 전날 밤에 내가 썼던 일기일 테니까.

작년 가을부터 부쩍 인생을 정리해야 된다는 일종의 강박관념에 시달렸다. 아마 아홉수를 겪는 모양인데 건강에 자신이 없어지고부터 그 증세가 더 심해졌다. 스물에서 서른에 이르는 가팔랐던 세월에 비하면 훨씬 여유가 있지만, 이 고개를 넘으면 이제 꼼짝없이 중년이란 생각에 밥을 먹다가도, 길을 가다가도 문득문득 아찔해진다.

몇 달 전부터 난 그토록 즐기던 술을 완전히(?) 끊었고, 올해 초부터 담배도 끊는 연습을 하고 있다. 그리고 그렇게 깨끗해진 몸과 마음으로 인생을 정리하는 작업의 일환으로 요즈음 난 옛 일기장들을 정리하고 있는데, 며칠 못 가 손을 들고 말았다. 총 십여 권에 이르는 일기들을 컴퓨터로 다 입력시키려면 — 내 느린 타자솜씨론 — 일 년은

족히 걸릴 것이니, 이러다간 내 인생을 정리하기 전에 내가 먼저 나가 떨어져 '정리'될 판이다.

게다가 원본을 그대로 살리되 중복 부연되는 내용을 빼고 편집하는 것도 대단한 인내심이 요구되는 일이다. 컴퓨터 자판을 하염없이 두드리던 어느 날 나도 모르게 내가 일기를 각색해 소설을 쓰고 있다는 걸 발견했는데……

차라리 이걸 주물러 전혀 새로운 무언가를 만들어볼까? 요즈음 나의 고민거리이다.

(『레이디경향』, 1999년)

# 서른 살의 희망과 절망

서른 살이었을 때, 나는 내 삶이 벼랑 끝에 와 있다고 느꼈다. 벌써 "서른 살이 되었구나"라는 감회에 빠질 틈도 없이 난 생존전선에서 허우적대고 있었다.

당시 난 대학원에 휴학계를 내고 어느 자그마한 사회과학 출판사에 어렵게 취직해 막 일을 배우고 있었다. 입사한 지 석 달이 겨우 됐을까 말까. 며칠간의 휴가가 끝날 즈음 회사에 전화를 걸어보니, 이제 나올 필요가 없단다. 그사이에 사장이 바뀌며 내가 '짤렸다'는 말이었다.

1991년은 내 생애 최악의 해였다. 내가 짤렸다는 게 실감이 나기도 전에, 난 그 무렵 몇 달째 사귀던 남자에게서 일방적으로 '짤리고' 만다. 실직한 지 한 두어 달쯤 지나서였다. 며칠째 연락이 없던 그에게서 어느 날 전화가 걸려왔다. "이제 그만 만나는 게 좋겠다."

아무런 설명도 변명도 없이 짧게 용건만 말하는 그에게 나 또한 짧게 "알았다"고 말하며 수화기를 내려놓았다. 그리고 그걸로 끝이었다. 참담했다. 말하자면 나는 사회로부터 짤리고, 또 내가 세상에서 가장 가깝다고 여기던 인간으로부터도 짤린 것이다.

엎친 데 덮친 격으로 그즈음 집안 사정이 엉망이었다. 세 자매의 장녀로서 서른이 다 되도록 결혼도 하지 않고 이렇다 할 직업도 없이 놀고먹는 나는 기울어가는 우리집의 혹이며 미운 오리새끼였다. 아침에 일어나 눈을 뜨면 내가 채워야 할 하루의 시간들이 먼지처럼 빼곡히 밀려와 방 한구석에 쌓였다. 가슴이 답답했다. 비슷한 처지에 있는 친구 한두 사람과 이따금씩 전화통화를 하는 게 세상과 나를 잇는 유일한 끈이었다. 아니, 만나려야 만날 사람도 없었다. 아무도 날 찾지 않았고, 아무도 내 이름을 불러주지 않았다.

바깥으로 직접 뚫린 창문이 없어 대낮에도 어둠침침하던 그 방에서 나는 낮을 밤처럼, 밤을 낮처럼 살았다. 담배연기만 자욱하던 방에 감금된 채 하루하루를 죽이던 어느 날, 어머니가 내 방문을 활짝 열어젖히셨다.

그러더니, 다짜고짜로 그때까지도 이불 속에서 빠져나오지 못하고 뭉그적대던 게으른 딸년의 발치를 발로 툭툭 치시며 말씀하시는 것이었다. "네 인생은 실패다. 영미야. 나이 서른에 네가 남자가 있냐 애가 있냐. 돈이 있냐 명예가 있냐. 넌 이제까지 뭐 하고 살았니? 네 인생은 실패다 허껍데기야."

실ㅡ 패ㅡ. 껍데기. 당신께서 지나가는 말투로 불쑥 던진 그 말 한마디에 마치 감전되듯 나는 벌떡 일어났다. 송곳에 찔린 것처럼 아팠다.


그날부터 난 서른 살을 앓았다.

깃털처럼 한없이 가벼워지다가도 어느 순간, 세상의 모든 짐을 짊어지고 무겁게 추락했다. 그동안 말로만 듣던 디스코텍에 가서 혼자 미친 듯이 춤을 춘 것도 그 무렵이었다.

난 냉정하게 내 인생의 대차대조표를 작성하고 싶었다. 내가 무엇을 꿈꾸고 무엇을 위해 살았는지, 그래서 얻은 건 무엇이고 잃은 건 무엇인지, 무엇이 내게 남아 있는 건지…… 나는 나의 무게를, 내 삶의 무게를 세상의 저울에 달아 계량하고 싶었다.

그러기 위해선 우선 숨막히는 이 집을 벗어나 어딘가로 가야 했다. 더 이상 돈 못 벌어온다고 어머니에게 구박당하고, 동생들에게 멸시당하며 눈칫밥을 먹고 싶지 않았다. 고민 끝에 친구를 찾아가 도움을 청했다. "나, 돈 좀 빌려줘." "얼마?" 백만원. 그 말 한마디 떼기가 얼마나 어려웠던가. 금쪽같은 돈 백만원을 들고 난 무작정 집을 나갔다.


내가 서른 살이었을 때, 나는 신림동의 어느 고시원에 있었다. 고시공부를 하려고 들어간 게 아니라 달리 있을 데가 없어서였다. 지금도 그렇지만 그 당시 고시원은 서른이 다 된 여자에게 가장 싸고 안전한 숙소였다. 한 달에 20만원으로 하루 세끼 먹여주고 재워주고 비록 작지만, 내 한 몸은 충분히 누일 수 있는 독방에다 바깥으로 통하는 창문도 있었다. 그곳은 내게 천국이었다.

친구에게서 빌린 돈으로 다섯 달치 방세를 선불하고 나니 수중엔 얼마 남지 않았다. 주머니에 찰랑대는 버스 토큰 몇 개와 백원짜리 동전 몇 개가 당시 내 전 재산이었다.

가을이 가고 어느덧 겨울이 왔다. 어느 추운 겨울날, 지독한 독감에 걸렸는데 쌍화탕 하나 사 먹을 돈이 없었다. 열이 펄펄 끓는 몸을 끌고 헌책방에 가서 마르셀 프루스트의 소설 『잃어버린 시간을 찾아서』를 팔아 천원짜리 지폐를 손에 쥐었을 때의 쓰라린 감격이란. 그러나 나는 그 시간들을, 이십에서 삼십에 이르는 그 가파른 세월을 잃어버린 것만은 아니었다.


1991년 12월 30일. 허기진 눈만 실없이 쌓이는 밤. 일기장에 나는 이렇게 썼다. 내 인생이 실패였는지는 몰라도 아직 내겐 '내'가 남아 있다고. 살아서 시를 쓴다고. 내가 처음 쓴 시는 이렇게 시작한다.


직업적 혁명가의 길은

직업적 실업자의 길이었나

그 흔한 커리어 한 줄 없이
번듯한 직장 쓸 만한 명함,
추우면 비빌 그 잘난 애인 하나 없이
머언 길 돌아 에돌아
……

그해 가을에서 겨울까지, 아무 방해도 받지 않고 완벽하게 혼자가
되어 나는 쓰라린 청춘을 회상하며 최초의 시들을 뱉어냈다. 그 핏덩
이 같은, 상처받은 짐승의 비명 같은 시들이 모여 어찌어찌하여 등단
을 하고 시집을 펴내게 되었다. 『서른, 잔치는 끝났다』로 나는 오랜 실
업자 생활에 종지부를 찍고 시인이 되었다. 그 제목과 달리 내겐 진짜
잔치가 시작된 셈이다. 남이 차려준 밥상이 아니라 내가 손수 재료를
선택하고 요리한 진정한 밥상. 서른은 내게 그런 나이였다.

돌이켜보면 한 번도 젊은 적이 없었던 것도 같고 또 한편으론 늘 젊
었던 것 같다. 온전한 젊음을 누린 적이 없기에 제대로 늙을 수도 없
는 것일까?
마흔을 코앞에 둔 지금, 가끔씩 난 내가 아직도 서른 살이라고 느낀

다. 서른 살처럼 옷을 입고 서른 살처럼 비틀거리고 서른 살처럼 생각하고 행동한다. 그 흔한, 그 잘난 희망이 아니라 차라리 내 곁을 떠나지 않는 질긴 절망을 벗삼아 다시 일어설 수 있을까?

아무것도 붙잡을 것이 없어 오로지 정든 한숨과 환멸의 힘으로 건너가야 했던 서른 살의 강. 그 강물의 도도한 물살에 맞서 시퍼런 오기로 버텼던 그때 그 시절이 오늘밤 사무치게 그립다.

(『뉴스플러스』, 1999년)

# 나는 잔치가 끝났다고
# 말한 적이 없다

　　'서른에 대한 단상'이라고 원고청탁을 받았을 때에는 명색이 시인 답게 뭔가 품위 있고 사색적인 에세이를 써보려고 했는데, 아무래도 안 되겠다. 그런 단아한 상념을 풀어내기엔 아직 내 속에서 들끓는 게 너무 많은 탓이다.

　　'서른' 하면 그 무렵 내가 살았던 어둠침침한 방들이 떠오른다. 사 방에 창문 하나 없이 꽉 막혔던, 바퀴벌레 때문에 한밤에도 형광등을 켜고 자야 했던 홍대 앞의 하숙집. 장마철이면 천장에서 물이 새어 잘 때 머리맡에 대야를 받쳐놓아야 했던 반지하 셋방들. 지하창고나 주 차장을 개조해 만든 그 습하고 퀴퀴한 방들의 냄새…… 더이상 추억에 잠기고 싶지 않다.

　나는 서른에 대해 할말이 많은 사람이다. 첫 시집 『서른, 잔치는 끝
났다』를 펴낸 뒤 여기저기서 서른 살에 관한 질문을 수없이 받았고 그
때마다 비슷한 대답을 했으니 지겨워질 때도 되었건만, 그래도 불쑥
불쑥 '서른'과 '잔치'가 목에 걸린다. 책의 제목과 관련해 어지간히 세
간의 오해를 받아 내가 열을 받았기 때문인지도 모른다.
　"왜 잔치가 끝났느냐?" 이렇게 묻는 사람들은 대부분 소위 자신들
이 운동권의 적자라고 생각하는 이들인데, 그들은 '잔치'가 '운동'의
은유라며 내 시를 지나치게 심오하게 확대 해석하는 잘못을 범했다.
하지만 설령 그들의 해석이 맞다 해도 그렇다. 그렇게 애지중지하는
잔치라면 누구 한 사람이 끝내자고 해서 쉽게 끝나겠는가. 그런 시시
한 잔치라면 애저녁에 상을 걷어치우는 게 낫지 않을까.
　이런 악의에 찬 왜곡과 편견에 관해선 여기서 더이상 일일이 반박
하며 구차하게 날 변명하고 싶지 않다. 하다못해 다음과 같은 어처구
니없는 질문을 하며 나를 의심의 눈빛으로 쳐다보는 사람도 있었으
니까.
　"1994년이면 당신 나이 서른세 살 때인데, 왜 시집 제목을 서른이
라고 달아 독자를 속였느냐?" 너무 기가 막혀 그런 힐문을 받았을 당
시엔 말이 안 나와 웃기만 했었다. 아직도 이런 고지식한 질문을 하는

사람들에게 난 이렇게 말해주고 싶다. 서른은 한 해가 아니라고. 사람의 육체적인 나이와 정신적인 나이는 서로 어긋날 때가 있다고. 그리고 너무도 당연한 일이지만, 서른 살에 쓴 시들을 몇 해가 지나서 서른세 살에 발표할 수도 있다고. 그게 왜 독자들을 우롱하는 일이라고 생각하는지, 사람들의 그 꼬인 속을 정말 알 수가 없다.

서른이 되기 훨씬 전부터 난 서른을 의식했다.

우리 나이로 서른에서 만 나이로 서른 살에 이르기까지 이십대 후반에서 삼십대 초반까지 몇 년간 나는 서른 살로 살았다. 인생이 초라했던 그 시절, 난 실직과 실연의 늪에서 빠져나오지 못하고 있었다.

80년대 말 재야단체를 그만두고 난 뒤늦게 이 사회에 편입하고자 발버둥쳤다. 여기저기 이력서를 넣어보고 면접도 수차례 보았지만 모두 퇴짜를 맞았다. 대학을 졸업한 뒤로 운동권 주변에서 맴돌던 나는 나이만 먹었지 사회에서 인정해주는 번듯한 경력이 전혀 없었기 때문이다. 사보편집실 직원을 구한다는 신문에 난 구인광고를 보고 찾아간 구로공단에 위치한 어느 메리야스 회사의 홍보실 직원으로부터 다음과 같은 말을 들은 뒤부터 난 아예 취직을 포기했다.

"최영미씨는 저희가 쓰기엔 너무 고급인력입니다. 조직관리 차원에서 그런 분이 들어오면 인화에 문제가 있죠. 다른 데를 알아보세요."

그러나 난 다른 데를 알아보지 않았다. 다른 곳도 사정은 마찬가지라는 걸, 그의 동정에 찬 시선에서 짐작했기 때문이다. 결국 틈틈이 영어 과외선생을 하며 어찌어찌하여 몇 년을 버텼다. 그리고 드디어 1992년, 나는 근 십 년에 걸친 반(半) 실업자 생활을 청산하고 소위 등단을 하여 시인이 되었다. 사회의 미운 오리새끼에서 어느 날 갑자기 '도발적인' 마녀로 변신했다. (이 도발적이란 말은 세상에서 내가 가장 듣기 싫어하는 형용사 중 하나로, 언론이 만든 나의 이미지에 불과하다.)

서른 살은, 특히 한국에서 여자 나이 서른 살은 단순한 나이라기보다는 하나의 강이다. 아직 젊음의 불꽃이 남아 있을 때 있는 힘을 다해 생을 한번 뒤집어볼 수 있는, 도박을 할 수 있는 나이. 주사위는 던져졌고, 당신은 한번 가면 다시는 돌아올 수 없는 강을 건너야 한다.

서른은 결코 한 해가 아니다. 언제든 자기 인생을 철저하게 뒤돌아볼 때 우리는 영원히 서른 살이고, 부러진 뼈들을 추스려 새로 시작할 수 있으리라. 가차 없이 자신을 반성할 수 있는 자만이 앞으로 나아갈 수 있다고 나는 감히 믿는다.


삼십대를 마감하는 지금 나는 문학이 나의 운명이듯이, 실연이 나의 운명이듯이, 서른 또한 나의 숙명임을 엄숙하게 받아들인다. 내가 아무리 싫다고 고개를 저어도 죽을 때까지 내 이름 석자에 '서른'과

'잔치'가 따라다니리라는 걸 나는 안다.

  서른이라는 인생의 가을을 앞둔 이들이여. 그해에 접어들어 당신은 유난스레 거울을 자주 보게 될 것이다. 아직 젊다고 말하기엔 뭔가 뒤가 켕기는 것 같고, 늙었다고 하기엔 억울한 나이. 서른을 무사히 통과해 이제 나는 서른아홉. 머리엔 벌써 희끗희끗 흰머리도 제법 심어졌다. 더이상 주책맞게 방황하지 말고, 더이상 내게 없는 것을 애타게 찾지 않고, 멋있게 포기하는 법을 배워야겠다. 그래서 20세기가 끝나는 올가을, 조용히 강둑에 앉아 자투리로 남은 청춘을 방생하며 삼십대의 마지막을 보내고 싶다.

(『말』, 1999년)

# 저 달 좀 보세요

내가 그를 만난 것은 작년 연말 싱가포르에서 방콕으로 향하는 비행기 안에서였다. 당시 난 삼 일간의 짧은 아테네 체류를 마치고 일정을 앞당겨 귀국하는 길이라 몹시 피곤했다. 성탄절날 아침에 갑자기 여행을 포기하고 무리한 귀국비행을 감행한 것은 당시 유럽에 몰아닥친 이상한파로 여행을 즐기지 못한 탓도 있지만, 막내 동생이 아프다는 소식을 들었기 때문이다.

며칠 전 아이를 출산한 동생에게 문제가 생겨 응급실에 실려 갔다는 이야기를 전하며 서울의 이모는 '내가 있으니 걱정 말고 놀다 오라'고 말했지만 전화를 끊고부터 난 안절부절, 마음이 편치 않았다.

서둘러 예약을 변경한 탓에 항공편이 좋지 않았다. 아테네를 출발해 싱가포르 공항에 새벽에 떨어져 당일 밤 11시경까지 공항에서 대기하다 방콕을 거쳐 서울로 가는 비행기였다. 연결시간이 무려 15시간. 환승객을 위해 만든 공항 안의 간이호텔에서 서너 시간 겨우 몸만 뉘었을 뿐, 근 스무 시간 넘게 눈 한번 제대로 붙이지 못한데다 열대의 기후에 적응이 안 돼, 몸과 마음이 완전히 녹초가 되어 있었다.

그런데 기내로 들어와 여승무원에게 탑승권을 내미니, 뜻밖에도 비즈니스클래스로 날 안내하는 게 아닌가! 겨울휴가철이라 이코노미클래스가 꽉 차서 비즈니스클래스로 격상된 좌석이었다.

그동안 비행기를 여러 번 탔지만 비즈니스클래스는 처음이었다. 공간이 넓어 쾌적하거니와 음식은 물론 취침용으로 제공되는 간이담요의 질도 다르고, 하다못해 "뭐 필요한 거 없으세요?"라고 묻는 스튜어디스들의 목소리와 미소도 얼마나 환하고 친절한지. 마치 닭장 속에 갇힌 닭처럼 낑겨 앉아 주는 대로 먹고 싸야 하는 이코노미클래스와는 거의 하늘과 땅의 차이였다. 게다가 오붓한 창가로 자리가 배정되어 있었다.

살다보니 이런 운 좋은 날도 있군, 흐뭇해하던 나는 막상 자리를 찾아 앉는 순간 김이 팍 새고 말았다. 창가인 내 좌석 바로 옆에 예닐곱 살쯤 되어 보이는 웬 사내아이가 앉아서 혼자 놀고 있는 게 아닌가.

까무잡잡한 얼굴에 귀티 나는 생김새로 보아 태국이나 싱가포르 같은 동남아시아의 부유한 집안 아이 같았다.

모처럼 여유 있게 쉬려는데 한시도 가만있지 않고 몸을 뒤트는 사내애가 바로 옆에 있다는 게 좀 짜증스러웠다. 어린 게 왜 이렇게 혼자 달랑 떨어져 앉았을까? 수상하게 여겼지만 곧 나는 아이에게 관심을 거두고 나만의 생각에 골몰했다. 여러 가지로 착잡한 심경이었다. 애당초 이번 여행을 감행한 게 무리였다는 후회도 들었고 병원에 누워 있을 산모와 갓난아기 걱정에 마음이 어두웠다.


옆에 앉은 아이가 혼자 여행하는 중이라는 걸 안 것은, 그가 식사 전에 나온 주스를 의자 위에 엎질렀을 때이다. 노란 액체가 흘러 옷이며 의자가 젖는 바람에 혼곤한 상념에서 깨어난 나는 주위를 둘러보았다. 아이는 잠시 당황해 내 눈치를 살피더니 곧 아무렇지도 않다는 듯 앞좌석 등받이에 붙은 TV 스크린만 보고 있었다.

누구든 아이의 보호자가 와서 어서 빨리 이 사태를 수습해야 되는데…… 아무도 오지 않았다. 내심 아이의 부모인 줄 알았던 앞좌석의 아줌마도, 통로 건너편에 앉은 중년 아저씨도 이쪽으로 고개를 돌리지 않았다. 귀찮지만 난 할 수 없이 일어나 천장의 선반에서 배낭을 꺼내 휴지로 주위를 훔쳤다.

"얘야. 너희 부모님은 어디 계시니?" 내 질문에 그는 어색한 표정을 지으며 대답 대신에 웃기만 했다. 그때 나는 알았다. 이 어린것이 정말 혼자 비행기를 탔다는 것을. 세상에. 맙소사. 국내선도 아니고 국제선을 아이 혼자 태우다니. 도대체 어떤 아이일까? 이 아이의 부모는 어떤 사람들일까? 그가 측은하게 느껴지며 조금 전의 냉정했던 내가 한없이 부끄러워졌다.

그 뒤부터 방콕에 도착할 때까지 나는 그의 보호자 역할을 자처했다. 혹 추울까 담요를 주문해 덮어주고 아이가 기내음식을 받아먹는 걸 도와줬다. 옆에 앉아 다정하게 이야기하며 가는 우리를 보고 스튜어디스가 와서 내게 좀 이상하다는 표정으로 — 왜냐면 아이는 보호자 없이 여행하는 미성년자로 미리 신고되어 있었기에 — "당신이 이 아이와 함께 여행하는 사람이냐? 이 아이의 엄마냐?"고 물을 정도였다.

난 아이와 보내는 시간이 즐거웠다. 덕분에 모처럼 근심, 걱정을 잊을 수 있었으며 싱가포르에서 방콕까지 가는 동안 하나도 지루하지 않았으니까. 나는 아이와 대화를 시작했다. 내가 무심결에 던진 영어질문들에 아이는 놀랍게도, 정확한 영어로 대답했다. 어디서 배웠냐고 묻자 학교에서 배웠다고 했다.

"이름이 뭐니?"

"라(Ra)."

"너 몇 살이니?"

"열한 살"이라고 말하며 아이는 두 손을 펼쳐 손가락을 꼽았다. 그럴 땐 꼭 네댓 살 먹은 어린애 같았다. 얼굴에 장난기가 가득한데다 체구도 작고 마른 편이라 도무지 열한 살 같지 않았다. 혹시 내가 잘못 들었나 해서 몇 번씩 나이를 확인했다.

"싱가포르엔 무슨 일로 왔니?"

내 질문에 그는 적당한 단어가 떠오르지 않는 듯 선뜻 대답을 못 하고 몸을 비비 꼬며 답답하다는 표정을 지었다.

"여기는 호주이고, 여기는 싱가포르, 그리고 또 여기는 방콕이다. 휘이—익!" 아이는 손가락으로 지도 위의 세 지점을 차례로 짚으며 갖고 있던 장난감 비행기로 날아가는 흉내를 냈다. 싱가포르가 단지 갈아타는 지점에 불과하다는 걸 알리는 그의 보디랭귀지에 난 탄복했다.

"너도 나처럼 갈아타는 승객이구나."

아이와 대화를 나누며 난 그가 방콕의 초등학교 4학년에 재학중이라는 것, 방학을 이용해 호주의 시드니에 사는 어머니에게 갔다가 방콕의 아버지에게로 돌아가는 길이라는 것, 등의 사실을 알게 되었다. 그의 이야기로 짐작하건대, 라의 부모님은 아마도 이혼했거나 혹은 무슨 사정이 있어서 따로 사는 게 분명했다.

한동안 장난감 비행기를 갖고 놀던 그는 곧 싫증이 난 듯 기내에서 상영하는 영화를 보며 킥킥, 숨이 넘어갈 듯 연신 웃음을 터뜨렸다. 뭐가 그리 재미있어 이 야단인가 싶어 나도 따라 텔레비전 스크린을 봤다.

영화는 그렇고 그런 싸구려 할리우드 코미디였다. 그때 아ー, 하고 깨우쳐지는 게 있었다. 이 아이는 어리기 때문에 아직 세상이 재미있고 신기한가보다. 그렇게 별것 아닌 일에도 거리낌 없이 웃어젖힐 수 있는 그의 순진한 활기가 부러웠다.

"오, 저 달 좀 보세요!(Look! The moon!)"

텔레비전에 열중하던 아이가 갑자기 소리치며 손가락으로 창밖을 가리켰다. 세상에. 난 내 눈이 의심스러웠다. 손톱같이 작은 타원형의 기내 창에 약간 이지러진 보름달이 거짓말처럼 교교하게 빛나고 있었다. 파란 창공에 걸린 노오란 순수의 덩어리.

그 순간 나는 뭐라 말할 수 없는 전율을 느꼈다. 비행기 안에서 달을 본 것은 그때가 처음이었다.

영화 〈아웃 오브 아프리카*Out of Africa*〉에서 로버트 레드퍼드가 태워주는 경비행기에 처음으로 시승(試乘)했던 메릴 스트립의 기분이 나와 같았을까? 미지의 세계로 초대해준 아이가 고마웠다. 그리고 기억을 뒤져보았다. 여태까지 살면서 그 누가, 어떤 사람이 내게 그런 경이(驚異)의 세계를 보여준 적이 있는가고.

아이는 곧 방콕에서 내렸다. 아쉬웠지만 우리는 악수를 하며 헤어졌다. 아이의 짐을 꺼내고 물건을 챙겨주는 등 부산스럽게 움직이는 통에, 그에게 주려고 호주머니에 넣고 만지작거렸던 그리스의 전통 성탄절 과자를 깜박 잊고 말았다. 인부들이 기내를 청소하는 동안 승무원에게 허락을 받고 비행기 밖으로 나가 아이를 찾아보았지만 허사였다.

언젠가 우연히, 아시아의 어느 공항에서 마주친다면 우리가 서로를 알아볼까? 그때 주소라도 주고받을걸……

여행에서 돌아온 지금 나는 이렇게도 생각해본다. 내가 그때 아프지 않았어도 그 달이 보였을까? 그렇게 탐스럽고, 크게, 보였을까? 지난가을에 의사의 오진으로 두어 달 죽음의 문턱까지 갔다온 이후, 유언장을 갱신하는 등 온갖 폼을 다 잡은 뒤에 세상이 다르게 보이기 시작했다. 예전엔 중요하게 생각했던 게 아주 하찮게 여겨졌고, 거꾸로 전에는 대수롭지 않게 생각했던 것들이 새삼스레 크게 다가왔다. 나 또한 조금씩 변해갔다고 믿는다. 그동안 소위 공인이 된 뒤에 세상으로부터 나를 보호하기 위해 걸쳤던 오만과 도도의 가면을 벗고 다시 겸손해지고 싶었다.

동생은 곧 증세가 호전되어 일주일이 지나 아이와 함께 퇴원했다. 애기가 너무 예뻤다. 요즘 내 유일한 낙은 조카인 형석이를 보는 일이다. 애 키우랴 살림하랴 고생하시는 어머니를 도와드릴 겸 일주일이 멀다 하고 애기를 보러 서울로 간다. 서울 가는 좌석버스를 타러 집을 나설 때마다 허공에 붕 뜬 것처럼 마음이 그렇게 설렐 수 없다.

시간 맞춰 애기 젖 주고 기저귀 갈아 채우고 목욕시키고 빨래 삶고…… 어른 셋이 태어난 지 두 달이 채 못 된 갓난아기 하나를 감당하지 못해 쩔쩔맨다. 애가 울기라도 할라치면 들쳐 안고 이리 뛰고 저리 뛰며 생난리다.

동생네 안방을 차지하고 며칠씩 아이를 데리고 잔 적도 있다. 밤새도록 자다 깨다를 반복하며 아이와 씨름하다보면 너무 힘들어 어서 이 노역에서 해방되고 싶지만, 막상 돌아서면 언제 그랬냐 싶게 금방 애가 눈에 밟힌다. 그 젖비린내 나는 여린 생명을 두 팔로 안고 우유를 먹이다 트림을 시키려 품에 꼭 안을 때면, 온몸 가득히 사랑의 감정이 넘실댄다. 그 뿌듯한 희열은 무어라 말로 형언할 수 없다.

어느 날 저녁, 동생 집에서 밥을 먹다 날 빤히 쳐다보는 아이의 커다란 눈동자와 마주친 적이 있다. 뭔가 깊은 생각에 잠긴 듯한, 그 표정이 신기해 수저를 놓고 나도 아이를 바라보았다. 조그만 게, 대체 뭔 생각을 하는 걸까? 아가는 눈 한번 깜짝 안 하고 내 시선을 받아냈다. 우리는 그렇게 한참 서로를 응시했다.

"세상에서 내가 마음 놓고 쳐다볼 수 있는 유일한 얼굴…… 아이의 새까만 눈동자로 빨려드는 경이만으로도 너의 생(生), 헛되지 않았으리."

그날 밤 집으로 돌아오는 버스 안에서 나는 시를 썼다. 아주 오랫동안 날 짓누르던 불안과 허무를 떨쳐내고 생에 감사하고 싶었다.
언제까지 내가 이모 노릇을 잘할지, 내가 과연 한 인간을 진정으로 사랑할 수 있을지, 때론 자신이 없다. 그러나 뒤늦게 날 찾아온 작은 생명의 기적에 동참할 수 있다는 것만으로도 내 삶이 환해진 느낌이다.

나는 지금 따뜻한 봄날, 유모차를 끌고 호수공원으로 나들이 갈 꿈에 부풀어 있다. 우리 이쁜 형석이가 이모에게 보여줄 새로운 세계

를…… 기다리면서 나는 행복하다. 아가야. 부디 건강하게 무럭무럭
자라거라.

(『여성동아』, 1999년)

# 내 영혼이 따뜻했던 날들

올해 봄, 사고로 손을 다쳐 한동안 깁스를 하고 있었다. 죽을병은 아니었지만 오른손의 엄지와 손목을 잇는 부위(주상골)의 뼈에 금이 가 손을 전혀 쓸 수가 없었다. 4월부터 8월까지 근 넉 달 동안 글을 쓰지 못함은 물론, 심할 땐 숟가락도 들지 못하고 물병마개도 혼자 힘으론 따지 못해 사는 꼴이 말이 아니었다. 가장 힘들었던 건 청소와 손톱 깎기 등 사적이고 일상적인 일들을 혼자 힘으로 해결할 수 없다는 거였다. 내 공간에 낯선 사람이 들어오는 걸 참지 못하는 성격인데다, 평소 깔끔 떨기로 유명하던 나는 그런 일들을 남에게 시킨다는 게 선뜻 내키지가 않았다. 처음엔 가끔씩 친구나 후배들을 불러 청소기를 돌리고 이것저것 부탁한 다음, 사람들이 떠날 무렵이면 '손톱 좀 깎아

달라'며 어렵게 손을 내밀었다.

　그러나 그것도 하루이틀이지, 다들 자기 할 일에 바쁜 사람들을 마냥 잡고 늘어질 수는 없었다. 나중엔 결국 일주일에 한 번 정도 파출부를 불러 청소문제를 해결했다. 그렇게 거의 남의 도움에 의지해 삶을 이어나가며 '사람은 결코 혼자 사는 게 아니다'라는 평범한 진리를 새삼스레 배웠다.

　술도 담배도 삼가던 때였다. 씻고 닦는 것도 귀찮고 불편한 몸으로 다니다가 혹 다칠까 무서워 외출은 거의 하지 않았다. 일산의 아파트에서 하루하루가 답답한 나날들을 이어나가며, 감옥이 따로 없다는 생각을 했다. 그 감옥에서 탈출하기 위해 내가 할 수 있는 거라곤 책읽기와 전화로 수다떨기가 전부였다. 나의 가까운 벗인 M은 약국에 고용된 약사인데 한참 이야기를 나누다가도 손님이 오면 갑자기 뚝, 전화가 끊기기 일쑤였다.

　처음 우리들 대화의 주된 테마는 나의 상태와 관련된 하소연과 그의 위로 어린 답이었지만 시간이 지나자 그것도 시들해 나중에는 주로 그날그날 자신이 읽은 책에 관해 이야기를 나누었다. 우리는 서로 재미있게 읽은 책을 추천하거나 혹은 제3자가, 즉 M이 일하는 약국의 주인이 읽은 뒤 M에게 넘긴 책의 내용을 그가 내게 요약해주는 식으로 일종의 독서 서클을 형성했던 셈이다. 그동안 독서편식이 심하던 나에겐 아주 새롭고도 유익한 경험이었다.

아프면 사람이 단순해지고 사물의 진리도 단순해 보이는 법이다. 난 괜히 골 터지게 하는 『프루스트와 기호들』 같은 어려운 책들을 제쳐두고 가벼운(?) 책들에 빠졌다.

직업이 작가이지만 평상시 나는 책을 많이 읽는 편이 아니다. 내가 관심 있는 분야의 책들만, 그것도 아주 심하게 가려서 읽는 독서습관을 갖고 있던 내가, 친구와 친구의 친구 덕에 예전엔 눈도 안 돌리던 동양고전이나 수필들, 자서전, 심지어 육아책에까지 손을 댔다.

포리스트 카터가 지은 『내 영혼이 따뜻했던 날들 *The Education of Little Tree*』도 이때 친구의 강력한 권고에 따라(그녀는 거의 매번 전화할 때마다 '그거' 읽었냐고 물어보았다) 서점의 통신판매로 받아본 책 가운데 하나다. 미국 체로키 인디언의 후예인 저자가 일찍이 부모를 잃고 인디언이던 할아버지, 할머니와 함께 지냈던 어린 시절의 이야기를 일화식으로 서술한 일종의 자서전적 소설이다. 날 울고 웃게 만들었던 이 책의 원래 제목은 저자의 인디언 식 이름을 따서 '작은 나무의 교육'인데, 번역하며 붙인 제목이 더 근사하다. '내 영혼이 따뜻했던 날들'이 과연 있었던가. 처음 책을 받아보곤 그런 질문을 스스로에게 던졌었다.

책을 읽어나감에 따라 나도 자연 속의 한 그루 작은 나무가 되어 세상과 사회의 이치에 관해 새롭게 눈을 뜨게 되었다. 예컨대 "인디언은 결코 취미 삼아 낚시를 하거나 짐승을 사냥하지 않는다. 오직 먹기 위해서만 동물을 잡는다. 즐기기 위해서 살생하는…… 그 모든 것들이 정치가의 머리에서 나온 것이 분명하다. 전쟁이 끝나면 사람을 죽일 수 없으니 그동안 살인하는 방법을 잊지 않기 위해 동물을 상대로 그 짓을 하게 하는 것이다."(141쪽)

할아버지가 '작은 나무'에게 들려준 미국 인디언의 역사를 통해 난 미국사회를 다시 보게 되었다. 1838년부터 1839년에 걸쳐 일만 삼천여 명의 체로키 인디언들이 이제까지 살던 고향의 비옥한 땅을 백인 개척자들에게 내주고 오클라호마의 보호구역으로 강제이주당했다. 총으로 무장한 백인기병들의 호위를 받으며 추위와 음식부족, 병, 사고 등으로 무려 사천 명의 체로키들이 행진 도중에 죽었다. 시신을 매장할 시간도 충분히 주지 않고 행군을 강행해 남편은 죽은 아내를, 아들은 죽은 부모를 안은 채 하염없이 그 긴 길을 걸었다. 길가에서 구경하던 사람들 가운데 몇몇이 울음을 터뜨려 이 행렬을 '눈물의 여로'라 불렀지만, 체로키들은 울지 않았다. 죽음의 행진은 결코 낭만적일 수 없기에. 누가 어미가 걸어가는 동안 감기지 않는 눈으로 하늘을 노려보고 있는 아기를 소재로 시를 지을 수 있겠는가?

책을 덮고 한참을 난 울었고 분노했었다. 백여 년 전 그때 그날, 길가에서 구경하던 사람들처럼 그냥 울 수밖에 없었다.

그 길고도 지루했던 봄을 그럭저럭 무사히 넘긴 뒤 여름이 되어 난 미국에 가게 되었다. 미국의 미네소타에 사는 동생과 어머니 옆에서 해주는 밥이라도 얻어먹을까, 기대도 있었고 조카들도 보고 싶었다. 어느 날 가족들과 함께 차를 타고 오대호 부근을 달려 캐나다 국경에 있는 소위 인디언 보호구역이라는 데를 가보았다. 관광안내소에서 얻은 지도를 따라가보니 깊은 산길이 나왔다. 이름과 달리 인디언은 한 명도 보이지 않았고, 울창한 숲에 송진 냄새만 진동했다. 돌아오는 오솔길에 잠시 멈추어 서서 나는 생각해보았다. 한때 이 푸른 산과 물을 누비고 다녔던 사람들을…… 역사 속으로 사라진 한 종족의 분노와 한을…… 이젠 인디언 보호구역이란 이름으로 호기심 많은 관광객들에게 짓밟혀 또 한번 치욕을 감내해야 하다니. 문명이란 얼마나 잔인한 것인가.

(『해피데이스』, 1999년)

# 여자는 무엇을 원하는가?

처음 글을 써달라는 청탁을 받았을 때 난 내가 이 주제에 관해 할말이 많을 거라고 생각했다. 그러나 전화를 끊고 난 뒤 곰곰 곱씹어보니 그만 자신이 없어졌다. '여자는 무엇을 원하는가?'의 '여자'는 남자를 향해 있다. 즉, 이 질문을 하는 상대로서 남자를 상정해 '여자는 남자에게 무엇을 원하는가'라는 뜻으로 읽힌다는 말이다.

그런데 나는 남자들에게 그동안 너무 실망했기 때문에, 적어도 한국남자들에게는 더이상 원하는 게 없다. 정말이다. 내 인생에서 남자를—이성의 상대로서—포기한 지 꽤 되었고, 거기에 관해 그다지 유감스럽게 생각하지 않는 바이다. 그러니 앞으로 어떻게 약속한 지면을 메울 것인가? 독자들이 너그러이 양해해주실 것으로 믿고 생각나는 대로 몇 자 적어보겠다.

시를 써서 소위 공인이 된 뒤에 내가 만난 사람들로부터 가장 많이 받은 질문 중의 하나가 "왜 결혼 안 하세요?"였다. 처음 그런 사적인 질문에 접했을 때는 진지한 자세로 뭔가 주섬주섬 더듬거리며 답했던 것 같다. 그러나 시간이 지나서, 정말 지긋지긋할 정도로 같은 레퍼토리가 반복되자 나도 요령이 생겼다. 요즘에도 이런 무례한 질문을 던지는 사람이 있으면 난 그냥 아무 말도 안 하고 웃든가, 혹은 "결혼했는데…… 모르세요?" 거짓말이 입에 붙었다. 차라리 그게 편했다. 한국사회에서는 거짓말을 해서 받는 스트레스가, 거짓말을 안 하고 진실을 말했을 때 받는 스트레스보다 적기 때문이다. 내 인생과 별 관계가 없는 타인들에게, 내가 정말로 혼자 사는 이유를 말한다 해도 그들이 날 이해할까?

한국에서 여자로 산다는 것은, 독신으로 늙는다는 것은 쉬운 일이 아니다. 흔히들 추측하듯 외로워서라기보다 가족 중심으로 편성된 사회에서 살며 알게 모르게 받는 불이익과 생활의 불편함이 크기 때문이다. 나이가 들수록 자주 내가 이 꽉 짜인 사회에서, 문단에서, 아무 데도 소속되어 있지 않은 외톨이라 '왕따' 당하고 있는 건 아닌지? 피해의식이 생긴다.

그렇다고 독신의 언니들이 모두 결혼하고 싶어 환장해 있는 건 아니라는 걸, 남자들이 제발 이해해주었으면 좋겠다. 성에 관해 이야기하는 여자들은 모두 그렇고 그런 여자라고, 그것밖에 모른다고 착각—단정하고 있는 한국의 오빠들은 얼마나 멍청하고 단세포적인지. 한 여자를 만족시킬 줄도 모르면서 열 여자 감당하겠다고 호시탐탐 다른 여자와 바람 피울 궁리만 하는 남자들. 그런 남자들은 결코 '내 여자'가 무얼 원하는지에 관심이 없다.

여자는 무엇을 원하는가? 아니, 차라리 나는 무엇을 원하는가? 라고 묻는 게 낫겠다. 이 질문에 답하는 게 어려운 이유는 내가 이런 질문에 익숙하지 않기 때문이다. 일종의 역사적 거세과정을 거쳐서, 내 머리와 가슴엔 이런 본질적인 물음과 회의가 애당초 입력되어 있지 않다.

아주 오랫동안 여자들은 남자들이 원하는 것을 원해왔다. 그녀의 아버지, 남편, 그리고 자식들의 그늘에서 희생하며 순종하는 대가로 최소한의 생존을 보장받을 수 있었다. 가부장제의 우산 아래에서 여자들은 자신들이 무엇을 원하는지 알지 못했고, 알고자 하지 않았으며, 알더라도 이를 발설할 수 없었다. 자신이 무엇을 원하는가를 감히 주장할라치면, 남성지배 사회의 가혹한 형벌이 뒤따랐다. 지금도 아랍의 일부 회교국가에서는 부모가 짝짓기 해준 남자를 거부하면, 남동생들이 자기 누이를 죽이는 관습이 널리 행해지고 있다고 한다.

봉건적, 가부장적 억압으로부터 여성들이 어느 정도 해방됐다는 현대의 민주주의 사회에서도 비슷한 일이 벌어지고 있다. 아직도 많은 여성들이 자신들도 의식하지 못하는 사이에 자신의 욕망을 남자의 그것에 맞춘다. 직업선택에서부터 하다못해 유행하는 립스틱 색깔에 이르기까지, 이런 순응은 지금 우리 주위에서도 흔히 볼 수 있는 현상이다.

남자들에 의해 흔히 여자들의 특권이라고, 가볍게 비아냥거림과 동시에 찬양받는 특성인 '변덕스러움'도 실은 자기가 원하는 게 무언지를 명확히 알 수 없는 혼란스러움에서 비롯됐다고 나는 생각한다.

몇 년 전 어머니와 함께 유럽여행을 한 적이 있는데, 어디서 무얼 먹느냐가 우리 모녀의 가장 큰 고민 가운데 하나였다. 우리 어머니의 표현에 의하면 '변덕이 죽 끓는' 나는 끼니마다 다른 걸 먹고 싶었다. "어머니, 뭘 드시고 싶으세요?" 내가 물을 때마다 어머닌 조금도 주저하지 않고 늘 같은 대답을 하셨다. "아무거나. 네가 먹는 것 먹지." 아. 불쌍한 우리들의 어머니여. 대대로 봉사와 희생의 삶을 강요당한 끝에 우리 어머니들은 입맛도 남편과 자식에게 맞춰진 것이다. 그런 어머니의 몸에 밴 순응, 완강하기까지 한 수동적 태도에 나는 때로 짜증을 내기도 했었다. "아유. 엄마. 엄마도 뭐 좀 좋아하는 것 있음 좋겠다." 지금 우리 어머닌 미국에서 어린 손자들을 키우며 고생하고 있다. 가끔씩 전화통화를 하며 난 이렇게 말한다. "어머니. 이젠 제발 어머니 하고 싶은 것 좀 하고 사세요."

하지만 난 안다. 어머니가 끝내 남편과 자식, 그리고 손자의 그늘에서 벗어나지 못하리란 것을.

내 경우, 내가 진정으로 무얼 원하는지 알기까지 오랜 시간이 걸렸다. 수많은 시행착오를 거친 끝에, 상처로 너덜너덜해진 몸과 마음을 여러 번 추스른 뒤에야 비로소 내가 뭘 원하는지 조금 알겠고, 그걸 몇 자 끄적일 수도 있다. 아니, 보다 정확하게 말해서 나는 지금 내가 무얼 원하지 않는지를 알고 있을 뿐이다.

그러나 문제는 다른 데 있다. '내가 원하는 것'을 알았을 때는 이미 너무 늦었을지도 모른다. 그래서 버지니아 울프는 물에 몸을 던졌고, 바흐만(Ingeborg Bachmann)*은 로마의 호텔에서 담뱃불을 댕겼을

지도……

(『이프』, 1999년)

---

* 오스트리아 출신의 시인이자 소설가. 평생을 독신으로 살다 1973년 로마의 한 호텔에
서 불에 타 죽은 시체로 발견되었는데 담뱃불로 인한 사고사인지 자살인지 아직도 규
명 안 됨.

# 나와 거짓말

이 세상 거짓말의 절반은 섹스와 돈에 관한 것일 게다. 내 경우 이 둘에 관해선 침묵을 하면 했지 거짓말을 안 하는 편이라고 자부해왔는데, 최근에 본의 아니게 돈에 관한 거짓말을 한 적이 있다.

얼마 전 신촌의 H백화점에서 조카에게 줄 보행기를 살 때의 일이었다. 백화점 카드가 있으면 십 퍼센트 할인된다는 매장직원의 말에 혹해 카드를 발급받으러 신용판매과로 올라갔다. 한참을 줄을 서 기다리다 드디어 내 차례가 됐는데, 가입자격이 여간 까다로운 게 아니다.

"직장 의료보험카드가 있나요?"

"없는데요."

"그럼, 주부세요? 남편 되는 분의 의보카드도 괜찮은데……"

"아니요. 독신인데요."

"그럼 재산세납부 영수증이 있나요?"

순간 당황한 난 "그게 뭔가요?"라고 물으려다 말았다. 사생활에 관한 질문이 나오면 늘 그렇듯이 난 주눅부터 든다. 그렇다. 난 직장도 없고, 집도 없고, 차도 없고, 남편도 없이 혼자 사는 서른아홉의 여자다. 그런 나의 소득원과 신용을 의심하는 게 저 사람들 입장에서는 오히려 지극히 당연한 일인지도 모른다.

"전 종합소득세를 내는데요. 저, 자유직종이라서……"

자유가 무슨 죄인 양, 기어들어가는 목소리로 겨우 말을 이은 뒤에 지갑에서 주민등록증과 내가 갖고 있는 유일한 신용카드를 꺼내 창구의 직원에게 자랑스레 내밀었다. 내가 그 황금빛 나는 신용카드를 자랑스러워하는 데는 다 이유가 있다. 몇 년 전 유럽여행을 앞두고 해외에서도 쓸 수 있는 골드카드를 발급받고자 일산의 이 은행 저 은행을 전전하며 여러 번 퇴짜를 맞은 끝에 겨우 손에 넣은 소중한 카드이기 때문이다.

그때도 지금처럼 창구의 직원 앞에서 나의 신용상태를 증명하려다 번번이 실패했었다. 지금으로부터 오 년 전쯤 첫 시집이 나온 지 얼마

안 되었을 때라 주거래은행 계좌의 월 평균잔액이 은행에서 요구하는 일정 수준에 크게 못 미쳤던 게 문제였다. 인세소득 외에 다른 수입원이 없는 나는 아무리 베스트셀러 시인이랬자 그때 잠깐 반짝일 뿐, 여름 한철 울다 가는 매미에 지나지 않는다는 걸, 시간이 지나면 별수 없이 룸펜으로 돌아가야 하는 신세라는 걸 차가운 은행의 컴퓨터는 나보다 더 잘 알고 있었던 것이다.

당시 난 오로지 재산과 직업만으로, 직업의 안정성만으로 사람을 평가하는 이 사회에 대하여 또한 그렇게까지 기를 써가며 신용카드를 발급받으려는 나 자신에 대하여 분노가 치밀었다. 그래서 홧김에 그만 포기하려 했는데 바로 그 무렵에 어찌 된 영문인지 카드가 나왔었다. 내가 이 세상에 받아들여지고 있다는 느낌. 오랜 룸펜생활을 청산하고 이 사회의 당당한 한 구성원이 되었다는 게 여간 뿌듯한 게 아니었다.

자신의 소득원을 증명하는 서류가 없을 경우 다른 신용카드를 제시하면 된다는 백화점 측의 규칙을 내가 들먹이며 예의 그 황금빛 찬란한 카드를 내밀자 담당직원이 드디어 신청서를 주었다. 그런데 백화점카드 하나 받자는데 써야 할 게 왜 이리 많은지. 직업을 쓰는 난에 시인이라고 밝히는 게 왠지 멋쩍어 잠시 머뭇거린 뒤 작가라고 휘갈긴 뒤에 가슴 한켠이 씁쓸했다. 아, 시인이여. 불쌍한 쉬인이여. 한국

사회에선 전업시인이 전업주부보다 사회적으로 위태로운 위치에 있다는 걸 난 그때 처음 깨달았지 않았나 싶다.

이름, 나이, 결혼유무 등을 사실대로 적은 뒤에 주소를 쓰는 난에 이르렀다. "본인 소유의 집인가요?" "네? 네—에."

당연히 '아니요'라고 해야 옳은데, 그 순간 무슨 악마의 충동을 받아서인지 그만 '네'라고 거짓말을 하고 말았다. 왜 그랬는지 두고두고 생각해봐도 알 수 없고 부끄럽기만 하다. 세상과 어긋나게 사는 게 피곤해 그랬는지, 신청서의 빈칸을 채우다 자존심의 상처를 받아 그랬는지……

컴퓨터로 조회해보면 내 거짓말이 금방 뽀록날 테니 이 일을 어찌하나. 마음 졸이며 기다리는데 뜻밖에 카드가 나왔다. 한국의 자본주의는 아직도 빈틈이 많은 건지.


그전까지 돈에 관해 난 나름대로 철학을 갖고 있었다. 인생을 사는데는 두 가지 방법이 있다. 즉, 많이 벌어 많이 쓰는 삶과 적게 벌어 적게 쓰는 삶. 많이 버는 것도 많이 소비하는 것도 나처럼 게으른 사람에겐 너무 너무 피곤한 일이라서 애초에 포기한 길이었다.

언제 훌훌 떠나도 좋게 짐을 만들지 않고 살자. 이게 그동안 내 삶의 모토였다. 집이니 차니 남편이니, 옷장이니…… 이런 것들이 없어도 사는 데 크게 불편하지 않았다. 그래서 굳이 소유하지 않고 버틴

건데, 요즘 들어 부쩍 남들이 다 가진 걸 갖지 못하면 사는 게 무지 피곤하다는 걸 알았다. 살면서 별것 아닌 일로 열 받고 깨질 때마다 내가 그게 없어서 이런 수모를 당하나? 싶어 괜한 자격지심이 들었다.

한국처럼 획일적인 삶을 강요하는 꽉 막힌 사회에서는 남들과 다르게 산다는 건 하나의 형벌일 수도 있다. 젊은 날, 난 그 형벌을 기꺼이 감수했었고 오히려 영광으로 알았다. 그래서 늘 세상과 부딪쳤지만 뭐가 '있나요?'라는 질문들에 자신 있게 '없어요'로 대답할 수 있었고, 남이야 어떻게 생각하든 전혀 신경이 쓰이지 않았다. 그러나 그러는 한편 가슴 한구석에선 언젠가는 세상이 날 이해해주리라는 은밀한 바람을 품었던 것도 사실이다.

하지만 이제 모든 게 달라졌다. 세상과의 승산 없는 싸움을 계속할 만큼 내 피는 더이상 뜨겁지 않고, 그동안 수차례 깨지고 부서지며 철도 들었다. 지금 난 세상이 나를 이해하기를 감히 바라지 않는다. 세상이 내게 맞출 리가 없으니 대신 세상에 나를 맞춰야겠다, 아니 맞추는 시늉이라도 해야겠다고 생각한다.

그냥 겉으로나마 남들처럼 적당히 살자. 적당히 얼굴도 내밀고 적당히 가벼운 인사말도 나누고 시비도 적당히 가리자. 그 '적당히'가 과연 어디까지인지…… 20세기가 가기 전에 내 집과 차를 장만하고

자 하는 꿈에 부풀었던 올 한 해. 동해안에 위치한 소도시로 이사 온 지도 벌써 한 달이 넘었다. 내 인생 최초로 집이 생겼다는 기쁨에 들떠 커튼이며 가구도 구색을 맞춰 들여놓았고 운전면허도 곧 나올 것이다. 남들이 가진 걸 이제 나도 가져야겠다는 때늦은 자각으로 이리 뛰고 저리 뛰고 바빴던 한 해가 다 저물어가는 이즈음, 또다시 난 이 모든 게 부질없음에 절망한다.

따가운 아침햇살을 받으며 멀리 산과 바다가 한눈에 내다보이는 아파트의 베란다에 앉아 있노라면, 적어도 지금 이 순간만은 아무것도 없어도 그냥 살 수 있을 것 같다. 단 가끔씩 거짓말만 잘할 수 있으면. "혼자 사슈?"라는 식당 아줌마의 질문에 "아니요. 남편이 출장중인데요"라고 천연덕스럽게 받아넘길 여유만 있다면 말이다.


눈부시게 푸른 바다를 바라보고 있노라면 어느새 하루해가 꼴깍 넘어간다. 뜨겁던 정오의 햇살이 기운을 잃고 시들어져 어디론가 숨었다. 어디로 갔을까? 그 흔적이라도 석양으로 남지 않았을까? 정신을 차려 찾아볼 때는 이미 너무 늦었다. 사방에 어둠이 깔려 바다는 보이지 않는다. 영원하다는 자연도 그렇게 순간인데, 이 한 몸 스러지면 그까짓 아파트며 차가 무슨 소용이 있단 말인가. 한동안 끊었던 담배를 다시 태우며 나는 한숨짓는다.

(『작은 이야기』, 1999년)

# 끝끝내 도스……

어떻게든 그걸 꺼야 했다. 밤새도록 저놈의 초록불이 깜박거릴 것을 생각하니 참을 수가 없었다. 게다가 웬 전선들이 그리 많은지, 거실 책상 밑에서 정신 사납게 얽혀 있는 줄들이 보기만 해도 머리가 아팠다. 저 끔찍한 기계를 어떻게 좀 내 눈앞에서 치워버릴 수 없을까?

내 생애 최초로 데스크톱(desk top)컴퓨터를 들여놓던 날, 난 밤늦도록 컴퓨터 앞에 앉아 전전긍긍해야 했다. 저녁에 설치기사가 와서 대강 전선만 연결했을 뿐 약속이 있다며 황급히 가는 바람에 시스템을 켜고 끄는 등 아주 기본적인 작동방법조차 배우지 못했던 것이다. 그동안 노트북에 깔린 도스(Dos)의 아래ᄋ 흔글에만 겨우 들어가 작업했을 뿐 난 거의 컴맹에 가깝다는 걸, 그러니 설치하러 올 때 날 꼭 교육시켜달라고. 매장의 직원에게 그렇게 여러 번 강조했는데도 말짱 도루묵. 결국 내가 상상했던 중 최악의 일이 벌어지고 말았다. 컴퓨터를 내 맘대로 끌 수 없다니!

전에 쓰던 노트북은 alt와 x키를 동시에 누르면 화면이 꺼지고 그 다음에 전원 버튼을 '찍' 하고 누르면 그걸로 끝이었는데, 새로 산 윈도우 데스크톱엔 그게 통하지 않았다. 이상한 암호 같은 그림들만 가득한 화면이 겁나서 어서 빨리 빠져나오고 싶은데 프로그램을 어떻게 종료할지 몰랐다.

난 원래 기계라면 딱 질색이고, 그 기계에 대한 사용설명서 따위를 읽는 건 더 끔찍이 싫어하는 사람이다. 나만 기계를 싫어하는 게 아니라 기계도 나를 싫어한다. 어릴 때부터 내가 만지면 그게 어떤 종류의 기계이든 간에 ―라디오건 전기 프라이팬이건― 모두 고장나기 일쑤여서 우리집에선 새로 가전기구를 구입하면 아예 날 근처에 얼씬거리지도 못하게 했다. 내가 만지면 '부정을 탄다'나. 나의 이 '기계 알레르기'는 나중에 직장생활을 해서도 문제를 일으켰다. 지금으로부터 7년 전쯤 출판사에 다닐 때 일이다. 컴맹인 날 교육시키려고 회사에서 무진 애를 쓰다가 손을 든 적이 있다. 내가 손을 댔다 하면 컴퓨터가 바이러스에 걸리거나 고장나 급기야 상관으로부터 "최영미씨는 이제부터 컴퓨터 건드리지 마슈"라는 경고를 듣기도 했다.

밤늦게까지 컴퓨터 앞에서 씨름하다 잔뜩 열을 받은 나는 나중엔 마치 전위예술가가 피아노 건반을 두드리듯 두 손을 키보드 위에 얹고 아무 키나 마구 눌러댔다. 그것도 시원찮아 다시 그놈의 요상한 마우스를 이리저리 흔들며 여기 '따닥' 저기 '따닥' 했건만 헛수고. 그때 누가 날 보고 있었다면 아마 미쳤다고 했을 것이다.

별짓을 다해보아도 소용없어 결국 그냥 전원 버튼을 눌러서 *끄는* 원시적인 방법을 택했다. 하지만 이게 웬일인가. 모니터는 꺼졌지만 전원램프에 계속 초록색 불이 깜박깜박 들어왔다.

그동안 정들었던 도스 대신에 새로 윈도우를 익히려면 어느 정도 고생할 각오는 되어 있었지만, 이건 내가 전혀 예상하지 못했던 사태였다. 문서편집이나 창 나누기 같은 '고급한' 차원에서 문제가 생기면 또 모를까. 난 내가 컴퓨터의 전원도 끌 줄 모르는 완전컴맹으로 다운될 줄은, 정말, 몰랐다.

어떻게든 저걸 꺼야 할 텐데…… 밤새도록 모니터의 전원이 깜빡거릴 것을 생각하니 잠을 잘 수도 없었다.

시계를 보니 자정이 넘었다. 업무시간이 아니니 S전자 고객서비스

센터에 전화해도 전화응답기만 돌아갈 테고. 이 시간에 어따 전화 걸어서 물어볼 수도 없고…… 수첩을 뒤적거리며 만만한 친구들 얼굴을 떠올렸지만 그날따라 마침 토요일이어서 다들 식구끼리 연인끼리 오붓한 시간을 보내고 있을 텐데, 선뜻 내키지가 않았다. 궁리 끝에 난 수원에 있다는 S전자 본사에 전화를 해 야근하는 직원을 깨워 한바탕 하소연을 했다. "……내 컴퓨터 좀 제발 꺼주세요." 한참을 기다려 컴퓨터 담당에게 연결되었고, 그가 시키는 대로 버튼을 조작해 드디어 그 깜박이는 초록불을 내 시야에서 사라지게 할 수 있었다.

애당초 컴퓨터를 바꾸기로 결정한 게 잘못인지도 몰랐다. 그동안 쓰던 노트북이 툭하면 고장나 고치기를 수차례. 계속 수리비만 들어가는 데 질린 터에 '아직도 도스를 쓰느냐?'는 사람들의 핀잔을 듣고 윈도우가 깔린 데스크톱을 샀던 건데, 벌써 난 후회하고 있었다. 내겐 도스도 충분히 편하다. 아니, 나 같은 기계치는 타이프라이터만 있어도 충분하다. 인터넷은커녕 통신도 못 하고 원고도 팩스로 보내는 주제에 감히 윈도우를 하겠다고, 최첨단 문명의 이기를 쓰겠다고 과욕을 부린 내가 잘못이었다.

생활에 편리하라고 만든 기계가 사람 잡는 괴물로 둔갑하는 건 시간문제다. 제대로 다루지 못해 조금만 고장이 날라치면 기계처럼 불편한 것도 없다. 마음에 안 든다고 쓰레기봉투에 넣어버릴 수도 없고, 태워버릴 수도 없고, 때려부술 수도 없는 애물단지. 기계여. 20세기의 십자가여. 날 좀 내버려다오. 다시는 날 유혹하지 말기를…… 새천년의 코앞에서 난 다짐해본다. 앞으로 내 돈 들여 기계 따위는 절대로 내 집 안에 들여놓지 않겠다고.

(『작은 이야기』, 1999년)

# 할머니

무심코 달력을 넘기다 '11월 6일'에 동그라미가 쳐 있고 그 밑에 '할머니 제사'라고 쓴 글씨를 발견했다. 필체로 보아 내 글씨가 틀림없는데, 어떻게 내가 그날을 알고 표시했는지 기억이 나지 않았다. 미국에 있는 어머니가 몇 달 전쯤 전화로 미리 일러주었던 것 같은데, 너무 미리 일러주는 바람에 내가 잊어버린 게다.

사실 제사라기보다 추모미사라고 썼어야 맞았다. 할머니는 열성적인 가톨릭신자로 살다 돌아가셨고, 우리 가족 대부분이 세례를 받은 적이 있다. 하지만 동생들과 달리 난 견진성사도 받지 않았고 아직 고해성사를 한 적도 없다.

처음엔 물론 짜증이 나기도 했지만, 어머니가 사정이 생겨 성당에 못 갈 때면 대신 의무를 이행하는 데 이젠 나도 익숙해졌다. 장녀로서 책임감이 강해서라기보다 결혼한 동생들에 비해 독신인 내가 시간이 널널하기 때문이다.

　추모미사를 드려야 할 텐데…… 그날 아침 책상서랍을 열어 흰 봉투를 꺼내 무어라 적으려다 말고 난 흠칫, 놀랐다. 내가 할머니의 세례명은 물론 본명도 모르는 게 아닌가. 내게 할머니는 늘 그냥 '할머니'였을 뿐이다. 손녀인 내가 당신의 이름을 부를 일이 없어서였기도 하지만, 그만큼 돌아가신 할머니에게 무심했다는 증거이기도 해서 마음이 쓰렸다.

　미국의 어머니에게 전화를 했다. "안재희 '유리안나'다…… 연미사 신청하고 봉투에 봉헌자인 네 본명 쓰는 것 잊지 말아라. 이만원만 넣어라." 마지막에 돈 이야기를 하실 때 난 피식 웃었다. 어머닌. 참. 내가 그걸 까먹을 줄 알고. 잠시 망설이다 봉투에 오만원을 넣고 봉했다. 그동안 할머니에게 무심했던 내가 죄스러워 봉헌금으로라도 보상을 하고 싶은 심리였지만, 곧 나는 그런 내가 더욱 한심하게 생각되었다. 이 지상을 떠난 한 영혼의 값을 어떻게 돈으로 환산할 수 있겠는가?

　얼마 전 할머니 이야기를 신문에 쓴 적이 있다. '가슴에 남은 사람'이란 제목의 작은 칼럼이었는데, 청탁을 받고 누구를 쓸까? 꽤 고심했었다. 그때, 그리고 지금도 마찬가지지만 내 가슴 가장 깊숙이 남아 있는 사람에 대해선 아직 쓸 수 없다고 생각해, 그다음으로 할머니를 택했다. 짧은 지면에 풀어놓기엔 벅찬 추억이 쏟아졌고 난 그걸 미처 글로 담지 못해 쩔쩔맸었다.

  가끔씩, 할머니 생각이 난다. 할머니와 함께 살던 집들이 생각난다. 오늘처럼 흰 눈이 내려 온 세상을 덮을 때면, 창문 너머 눈싸움하는 아이들을 바라보며 내 눈은 추억 속으로 미끄러져 달음질친다.
  할머니는 늘 수줍은 듯 웃고 계셨다. 쪽비녀를 풀면, 태어나 한 번도 자른 적이 없는 치렁치렁한 머리가 엉덩이까지 내려왔다. 촘촘한 참빗에 물을 적셔 그 희끗희끗한, 무슨 왕조의 유물과도 같던 긴 머리를 정성스레 빗으시면 난 옆에 쪼그리고 앉아 신기한 구경거리를 만난 양 즐거워했다.
  "할머닌 왜 파마 안 해?"
  쓰리고 아픈 일들이 많아 다시 들여다보기 싫은 유년기도 할머니가 들어가면 환해진다. 내 아버지의 생모(生母)이나 기르지는 않아 왕래가 뜸했던, 그래서 나와 동생들이 원주 할머니라 불렀던 그분이 우리와 함께 산 것은 세검정으로 이사 오면서부터였다. 막내 고모와 삼촌 그리고 할머니까지 삼대가 한집에 모여 복작대던 그 시절, 점심은 대개 밀가루 음식이나 강냉이죽으로 때웠다. 수제비에 질린 내게 할머니가 손

수 빚으신 칼국수는 별미였다. 마루에 앉아 커다란 다듬잇돌 위에 밀가루반죽을 펼쳐놓고 방망이로 쓱쓱 미시는 모습이 지금도 눈에 선하다. 원주에서 다니던 성당의 지학순 대주교가 구속되자 "우리 지주교 내놓아라!"고 외치며 가두시위에 참여했던 할머니는 화통하며 자존심이 강한 분이었다. 고모가 시집가고 노총각이던 삼촌도 장가간 뒤에 할머니는 우리 곁을 떠나 다시 원주로 가셨다.

할머니가 다시 내 인생에 등장한 것은, 당뇨병을 앓다 쓰러지셨을 때였다. 서울의 아들집에 실려와 세상을 뜨기 며칠 전에 할머니는 어머니와 아버지를 앉혀놓고 이렇게 말씀하셨다 한다. "에미, 애비야. 맏이 너무 구박하지 말아라. 애가 인정이 많아 앞으로 잘될 거다." 늘 내 편이었던 할머니는 데모하다 짤려 집에서 찬밥신세인 날 걱정하셨던 게다.

난 할머니의 장례식에 참석하지 못했다. 그때 난 스물두 살의 대학생. 첫사랑에 미쳐 있었던가. 후회는 언제 해도 늦다.

— 동아일보, 1999년

유년으로 떠난 짧은 시간여행 동안 난 깨달았다. 내가 생각했던 것보다 훨씬 많은 게 거기에 있다는 것을. 내가 그분에게 많은 것을 빚지고 있다는 것을. 그토록 풍부한 이미지와 냄새, 소리 들이 할머니와 얽혀 있었다.

야트막한 담벼락을 싸고 있는 호박넝쿨, 커다란 푸른 잎사귀들이 보인다. 그것들은 그때까지 내가 본 식물의 잎들 중에 제일 컸다. 아침에 집을 나와 우연히 대문 밖의 호박잎에 시선이 닿을 때면 갑자기 그 큰 손이 살아 움직여 내게로 뻗어나올 것 같아 무서워지기도 했다. 꽃은 또 얼마나 징그럽게 노랗고 컸던가. 사루비아나 봉선화, 채송화의 야들야들하고 연약한 꽃잎에 익숙하던 내게 그건 꽃이라기엔 너무 크고 억셌으며, 색깔도 진한 게 촌스러워 보였다. 지금 생각하면 그때 날 놀래켰던 건 노랑과 초록의 강렬한 색채대비가 아니었는지.

동네에서 흔한 게 옥수수와 호박넝쿨이었다. 심지어 뒷간의 벽과 지붕도 녹색줄기로 뒤덮였었다. 아무 데서나 기어오르는 그 생명력에 압도당하면서 동시에 못생긴 호박꽃의 운명에 연민의 정을 품었던 것 같다.

방학 때면 난 원주의 할머니댁으로 보내졌다. 시 외곽의 약간 경사진 산비탈에 그만그만한 초가집과 한옥집 네댓 채가 뜨문뜨문 흩어진 작은 마을이었다. 옥수수, 고추, 들깨…… 밭고랑이 길게 이어진 길을 따라 한참을 걸으면 그 집이 나온다. 허술한 나무대문엔 녹슨 빗장이 채워져 있었는데 아귀가 맞지 않아 늘 조금 빼꼼 열려 있었다.

그 집은 돌아가신 할아버지가 남기신 유일한 재산이었다. 나중에 빚에 몰려 집을 파실 때까지 할머닌 그곳에서 막내 고모를 데리고 혼자 사셨다. 널찍한 마당 한가운데 돌로 만든 둥그런 절구통이 놓여 있었고 꽃밭과 채마밭도 딸려 있었다.

방은 하나였지만 장방형으로 아주 길고 커서 중간에 하얀 이불 홑 니 같은 천으로 칸막이를 해 두 개의 구역으로 나뉘었다. 한쪽 벽엔 당시 고등학생이던 막내 고모의 책상이 놓여 있고 다른 한쪽엔 벽장 이 있다. 책상 위 벽엔 잡지에서 오려낸 당대 최고 인기가수 펄 시스 터즈의 사진이 붙어 있다. 긴 머리에 미니스커트, 검정 부츠를 신은 도발적인 모습이다. 공부에 취미가 없었던 사춘기의 고모는 자주 할 머니와 다퉜고 그때마다 고모의 판정승으로 끝났다. 나와 열 살 정도 나이 차이가 나는 고모는 어린 조카에게 별로 관심이 없었고, 난 주로 혼자서 들로 산으로 쏘다니는 걸 좋아했다.

아침 일찍 일어나 아직 서리가 걷히기 전의 들판을 거닐 때, 살갗에 와 닿던 찬 이슬의 감촉은 얼마나 짜릿하고 상쾌했던지. 들녘엔 서울 에서 나고 자란 내가 예전엔 한 번도 본 적이 없는 꽃이나 풀들이 사 방에 널려 있었다. 특히 달맞이꽃이나 양귀비꽃은 그 이름만으로도 날 설레게 했다. 밤에만 피는 꽃이라고 달맞이꽃의 전설을 이야기해 준 건 누구였던가?

이웃에 사는 내 또래의 여자애들 한두 명과 가끔 어울려 놀기도 했 다. 빨간 사루비아의 꽃잎을 따서 한 손에 들고 주욱 빨아먹거나(그 달콤한 꿀맛!) 행운을 가져다준다는 네잎 클로버를 누가 더 많이 찾아 내나 내기를 했다. 때로 일과 놀이가 구분이 안 되는 경우도 있었다. 바닥에 쪼그리고 앉아 어른들과 함께 수북한 콩을 깐 뒤에 남은 빈 콩

깍지를 접어 아이들은 가마를 만들었다. 어른들의 돗자리 짜는 기술에 버금갈 그 기막힌 솜씨는 노는 데 도가 텄다는 나도 도저히 따라할 수 없는 그들만의 유희였다.

마른 인형 같은 비싼 장난감은 없었지만 우리를 둘러싼 자연 그 자체가 하나의 커다란 장난감이었다. 그 소우주에서 우리는 우리의 조그만 머리로 짜낼 수 있는 모든 방법을 동원해서 놀았다. 서울에서 온 나를 그 아이들은 잔뜩 호기심 어린 눈으로 쳐다보았으리라. 순진한 촌애들 앞에서 '서울에선 술래잡기를 이렇게 한다. 공기도 이렇게 집는다' 은근히 뻐기며 잘난 체를 하지는 않았는지.


어느 여름날 오후 난 마당의 커다란 절구통 안에 발가벗고 들어가서 있었다. 아마 내가 서울로 돌아갈 날이 며칠 안 남았을 때였으리라. 하도 바깥으로 싸돌아다녀 때가 덕지덕지 앉은 손녀의 몸을 씻기느라 할머니가 고안한 '욕조'가 바로 그 돌로 만든 절구통이었다. 한시도 가만있지 않는 날 씻기느라 늙으신 할머니께서 꽤나 애를 먹었을 텐데.

서울에서 나고 자란 내게 그곳은 전혀 다른 세계였고 난 그 경이로운 자연의 열매들을 탐욕스레 따 먹었지만, 뜻밖의 위험도 도사리고 있었다. 그때를 생각하면 지금도 공포로 몸이 딱딱하게 굳는 것 같다. 그날도 난 집을 나와 정신없이 어딘가를 쏘다니는 중이었다. 아무도 없는 시골길을 혼자 걷는데 갑자기 그게 내 눈앞에 나타났다. 새빨간 벼슬을 단 몸집이 무시무시하게 큰 수탉이 갑자기 날개를 퍼덕이며 날아와 날카로운 부리로 날 쪼았다. 겁에 질린 나는 거의 기절했던 것 같다. 그 미친 닭이 내 몸의 어느 부위를 쪼아 피가 났는지는 정확히 기억나지 않으나—그때 난 소매가 없는 짧은 여름옷을 입고 있어 피해가 더욱 컸다—흐르는 피를 보고 더욱 놀라 울면서 집으로 뛰어갔지, 아마.

　나중에 내가 그 이야기를 하자 사람들은 닭은 날지 못하는 짐승인데 그럴 리가 없다며 내 말을 믿지 않았는데, 분명히 말하지만 그날 날 공격한 놈은 닭이었다. 그 사건은 유년의 내가 경험한 최초의 테러였고, 무의식에 깊이 자리잡아 두고두고 날 괴롭혔다. 훗날 성인이 되어 내가 본 어떤 공포영화도 그처럼 소름끼치지 않았고, 아버지의 회초리도 그 비정상적으로 비대했던 수탉의 시뻘건 벼슬만큼 날 두려움에 떨게 하진 않았다. 실제로 내 몸에 남긴 상처는 아버지의 회초리가 더 심했겠지만.
　완전한 무방비 상태에서, 전혀 그러리라고 상상하지 않았던 사람이나 동물 혹은 물건이 나를 공격한다는 시나리오는 훗날 내 꿈에 자주 등장하는 단골 메뉴가 되었다. 그때의 후유증으로 난 닭은 물론이요 개나 고양이 등 모든 살아 움직이는 동물을 좋아하지 않으며, 털끝이

라도 내 몸에 닿는 걸 끔찍이 싫어했다. 몇 미터 밖에서 개 짖는 소리
만 들려도 무서워 피해갈 정도이니.

그 닭 사건 이후 나는 닭고기를 전혀 먹을 수 없었다. 내가 닭을 재
료로 한 요리를 안심하고 먹게 된 것은 대학에 들어와서 어느 술자리
에선가 안주로 나온 켄터키치킨이 처음이었다. 술김에 얼떨결에 먹었
지만 뒷맛이 그리 개운하지는 않았다. 난 지금도 닭고기를 거의 먹지
않는다.

내가 네 살 때인가 돌아가셨던 할아버지에 대한 기억은 없다. 나의
조부에 대해 내가 아는 건, 어머니로부터 들은 몇 가지 매우 단편적인
사실뿐이다. 할아버지는 조선 말기에 강원도 문막의 섬강 일대를 무
대로 한때 번창했던 지방상인의 자손으로 태어나셨다. 철도원으로 평
생을 일하다 말년에 간현역의 역장을―그게 할아버지 생애 최고의
지위였다―지내셨다 한다. 그래서 내가 기차여행을 좋아하나? 나의
못 말리는 방랑벽도 뿌리가 있는 거였나.

그날은 할머니의 생신날이었다. 혼자 사시는 할머니에게 명탯국이
라도 끓여드리라며 어머니가 이제 막 중학생이 된 내게 돈을 조금 쥐
여주며 원주행 기차를 태워 보냈다. 난 정말 혼자서 기차를 타고 원주
에 내려 주소만으로 알음알음 할머니 집을 찾았다. 시 외곽의 군부대

근처의 허름한 집, 여러 세대가 방 한 칸씩 차지하고 사는 하꼬방 같은 데에 할머니가 살고 계셨다. 서울에서 손녀가 왔다고, 생일국 끓여주려고 왔다고 이웃들에게 자랑하셨는데……

언젠가 한번 가보았던 그 방, 햇빛이 안 들어와 대낮에도 어두컴컴했지만 깔끔하게 정돈된 방. 문 위에 걸려 있던 빛바랜 사진들이 떠오른다. 그 작은 방에 유폐되어 아무도 돌보는 이 없이 홀로 병마와 싸우며 힘겹게 하루하루를 연명했을 할머니…… 가난이 죄였다고 얼버무릴 수만은 없는 우리 집안의 치부이다.

토요일 저녁, 성당을 향해 차를 몰고 나서는 순간부터 다시 난 할머니를 까맣게 잊었다. 초보운전이라 머릿속엔 온통 신호등과 길만 깜박였다. 길을 잘못 드는 바람에 한참을 돌아 성당에 도착했다. 미사가 막 시작되고 있었다.

성당 앞에서 직진 신호에 좌회전한 게 잘못인가? 왜 뒤에서 빵빵댔지? 라이트는 켜지 않았지만, 그나마 실내등이라도 켜져 있어서 다행이군. 하마터면 큰일날 뻔했군.

건성으로 앉았다 일어섰다를 반복하며 의식을 따라 할 뿐, 내 머릿속엔 온통 차와 운전 생각뿐이었다. 그날의 주인공인 할머니를 생각하면 그럴 수가 없는데…… 뒤늦게 정신을 가다듬고 주보를 펼쳐 읽었다. "그날과 그 시간은 아무도 모른다. 그러니 항상 깨어 있으라." 마태오가 전한 주님의 말씀을 나는 이렇게 해석했다. '그래. 언제 죽을지 모르니까 항상 준비하고 있어야 돼.' 죽음. 할머니. 그때 난 왜 병석에 누운 할머니 보는 걸 꺼렸을까?

그러니까, 1983년 가을이었다. 그때 난 일 년간의 무기정학이 끝나 복학해 다시 학교를 다니고 있었다. 당시 난 몸에 꼭 끼는 코르덴바지를 입고 그를 만나러 나가 밤늦게 들어오곤 했다. 어느 날 평창동 집에 가보니 할머니가 누워 계셨다. 당뇨로 온몸이 썩어들어가 링거를 꽂고 간신히 숨을 몰아쉬는 모습이 왜 그리 낯설었던지.

사춘기에 접어들면서부터 난 할머니와 멀어졌었다. 소설책에 빠져, 입시공부하느라, 그리고 대학생이 되어서는 또다른 이유로 근 십 년간 할머니를 까맣게 잊고 살았었다. 명절날이나 미국에 사는 큰고모가 잠시 귀국해 온 가족이 모일 때면 할머니를 만났지만, 한참 반항기에 접어들어 그런 떠들썩한 가족모임을 싫어했던 나는 오랜만에 할머니를 봐도 그리 반가워하지 않았다. 나뿐만 아니라 우리 가족 전체가 할머니를 외면했던 것 같다. 80년대 들어 거품경제로 갑자기 잘살게 된 우리는, 집이 생기고 차를 몰게 된 아버지와 형제들은 다들 돈 버는 데 바빠 시골에 사는 당신들의 생모를 들여다보지 않았다. 나중에

병세가 위중해 더이상 손을 쓸 수 없을 지경에 이르렀을 때, 원주에 있는 대학을 지원했던 동생이 다 죽어가는 할머니를 발견하고 부모님께 알려 부랴부랴 서울로 모셔온 것이다.

아픈 할머니에게 따뜻한 말 한마디 건네지 않았던 나. 돌아가시기 전까지 그래도 몇 달은 평창동에 계셨는데 난 할머니가 누워 있는 방의 문을 거의 열지 않았다.


"우리에게 잘못한 이를 우리가 용서하듯이 우리 죄를 용서하시고, 우리를 유혹에 빠지지 말게 하시고 악에서 구하소서. 아멘." 기도문을 암송하는 데 나는 매우 서투르다. 평소 좋아하는 시구들은 한 번만 들어도 슬슬 외우는 나답지 않게. 그동안 수십 번도 더 듣고 따라 했을 텐데, 늘 처음 하는 것처럼 버벅거린다. 차라리 할머니를 따라서 주기도문을 외우던 어린 소녀는 이보다 더 잘하지 않았던가.

기계적으로 문장을 나열할 뿐 내가 내뱉는 말의 의미도 미처 몰랐지만, 그건 문제가 되지 않았다. 할머니한테 내가 똑똑하고 자랑스러운 손녀라는 걸 보여주기만 하면 되니까. 어른이 되어 그 어구들이 뜻하는 바를 알게 되었을 때, 그 의미심장한 문장들을 음미하면 할수록 쉽게 외워지지가 않았다.

사람들이 영성체를 하러 우르르 일어났지만 난 계속 자리에 앉아 있었다.

미사 중 내가 가장 피하고픈 시간이다. 성당에 올 때마다 방해받고 싶지 않아 늘 맨 뒷줄의 가장자리에 앉건만, 이때만큼은 주위를 의식하지 않을 수 없다. 사람들이 지나갈 공간을 만들어주기 위해 무릎을 오그릴 대로 오그린 불편한 자세로 한참을 있어야 했다. 그런 날 수상하게 쳐다보는 사람들의 시선이 느껴졌다. 답답했다. 일어날까, 말까, 짧게 망설였지만 결국 그 자리에 눌러앉고 말았다. 그 대신에 보란 듯이 성가책을 들고 노래를 오물오물 따라 불렀다. 성당에 앉아 미사에 참석하고 있긴 하지만 난 끝까지 이방인으로 남아 그 자리에 합당한 행동을 취하지 않고 있는 것이다. 참여를 하긴 하되 그들의 방식이 아닌 내 방식을 고집하는, 이런 어정쩡한 태도가 나를 더 그 사람들과 구분되게 하는지도 모른다. 차라리 저 '문' 밖에 있었더라면, 아예 성당에 들어오지 않았더라면, 그처럼 따가운 시선은 받지 않았으리라.

그날은 이상하게 미사의 중간에 나오는 성경구절이나 찬송가들이 새록새록 가슴에 와 닿았다. "주님과 나는 함께 걸어가며 지나간 일을 속삭입니다…… 이 세상 꿈이 모두 사라질 때 천국의 영광 보게 되리라." 성가를 부를 때 갑자기 걷잡을 수 없이 감정이 복받쳐 난 손으로 눈물을 찍어내야 했다. 이 세상 꿈이 모두 사라질 때…… 그래 바로 이거야. 날 여기로 오게 만들었던 건.

그날 밤, 할머니의 영혼이 내 속에 들어와 눈이 뜨이고 귀가 열리는 이상한 체험을 했던가. 미사가 끝난 뒤『매일미사』와 가톨릭 성가책을

사서 집에 와 다시 읽었다. 처음처럼 감동이 진하진 않았지만 주보에
적힌 토머스 모어의 기도문은 그날로 타이프를 쳐서 냉장고 문짝에
붙여놨다.

### 자기를 위한 기도

주여, 저에게 건강을 주시되
필요할 때에 의미 있게 사용할 수 있도록
그 건강을 잘 보존케 하여주소서.

………………

지루함을 모르고
원망과 탄식과 부르짖음을 모르는 영을 주소서
나 자신에 너무 집착하지 말게 해주시며
너무 걱정하지 않게 해주소서
………………


　그리고 잠시 난 심각한 고민에 빠졌다. 이게 나더러 하느님께 귀의
하라는 징조인가. 고해를 하고 견진을 받고, 뻣뻣이 앉아 있지만 말고
남들처럼 일어나 영성체도 하고…… 난 그동안 자유롭고 싶어서 견진

이나 고해성사를 기피했었다. 그것도 일종의 오만이었는지 모르지만, 오만보다는 부끄러움이 더 컸던 것 같다. 어떤 틀이나 형식, 의식에 매이는 걸 못 참아하는 내 성격 탓인데, 하느님이 너그러이 이해해주셨으면 좋겠다.

 며칠 뒤 원주에 갔다. 할머니께 가야 된다는 일종의 강박관념으로 내 발걸음은 단구동 성당으로 향했다.

 할머니에 대한 나의 그리움이 강박으로까지 진전된 데는 다 까닭이 있다. 처음 연미사를 신청할 때부터 난 속초와 원주를 놓고 저울질을 했었다. 내 몸을 생각하면 가까운 속초가 편한데, 이참에 할머니의 추억이 어린 원주를 다녀오는 것도 괜찮을 것 같았다. 그래서 난 이중으로, 즉 두 성당에 모두 연미사를 신청해놓았다. 두 곳의 위령미사 일정이 공교롭게도 같은 날 비슷한 시간대에 잡혀 있어서 문제가 될 줄은 나중에야 알았다.

 내가 왜 그런 어처구니없는 실수를 범했는지 정말 모르겠다. 그동안 할머니에게 무심했던 걸 한꺼번에 만회하려는 과욕이 빚은 코미디가 아닌지……

 할머니의 영혼을 동시에 두 곳에서 모실 수 있을까. 행여 교리에 어긋나지 않을까. 고민 끝에 전화로 수녀님께 물어보려다 말았다. 돌아가신 영혼이야 두 군데에 동시에 출현할 수 있다 해도, 살아 있는 내가 두 곳에 동시에 출현할 수는 없는 노릇이니 하나를 포기해야 했다.

문제를 해결할 방법이 전혀 없는 건 아니었다. 두 곳에서 모두 연미사를 예정대로 거행하되, 봉헌자인 나는 한 곳에만 참석하면 된다. 그러나, 아무도 당신을 기억하는 이 없는 성당에서 울려퍼질 할머니의 이름은 얼마나 쓸쓸할 것인가.

결국 난 가까운 쪽을 택했다. 현실적인 선택이었지만 두고두고 아쉬움이 남았다.

난 내가 그 근처만 가면, 사람들에게 성당의 위치를 물어보지 않아도 느낌으로 알 줄 알았는데, 사실은 그렇지 않았다. 평일 오후시간이라 성당엔 아무도 없었고 사무실 문도 잠겨 있었다. 그날따라 늦가을 햇살이 어찌나 따뜻한지 꼭 소풍 온 기분이었다. 여느 시골 초등학교 마당처럼 소박하게 꾸며진 성당 안을 서성이며 나는 나무벤치에도 앉아보고 빨래가 널려 있는 사제관의 뒤뜰에도 가보았다. 내가 기대했던 것처럼 흐릿한 유년의 기억이 한꺼번에 되살아나는, 그런 기적은 없었다. 낯설게만 느껴지는 고즈넉한 평화와 적막의 한가운데서, 난 조용히 할머니 이름을 불러보았다.

열려 있는 문을 통해 본당에 들어가보았다. 사람이 없어 차갑고 썰렁한 공간, 뒷벽에 걸려 있는 전자시계의 명멸하는 초록빛이 그간 세월의 격차를 실감케 했다. 실망하여 돌린 내 눈에 그 꽃들이 들어왔다. 언젠가 할머니 손에 이끌려 처음 성당을 찾았을 때처럼 거기 그 자리에 피어 있었다. 시골성당의 제단장식치고는 조금 지나치다 싶게 화려하게, 온 정성을 다해 꽃꽂이된 백합과 국화들. 삼십여 년 전 그날처럼 난 그 우아한 아름다움에 매혹되지 않았다. 하지만,

"할머니! 이게 뭐야?"
"쉿! 조용히 해. 이건 주님의 몸과 피여."
"뭘로 만들었는데? 먹어도 돼?"

할머니 손에 이끌려 신부님 앞에 서서 처음 영성체를 했을 때의 느낌, 두려움과 입 안에 감돌던 찝찌름한 맛이 되살아났다. 여자들의 뒤통수를 감싼 하얀 베일들은 또 얼마나 숨막히게 아름다웠던가. 그 오묘한 무늬에 열중해 따분함을 몰랐던 미사 시간들도 생각났다.

돌아갈 버스 시간을 놓치고 싶지 않았다. 내 손엔 아까부터 시내의 제과점에서 산 케이크 봉지가 들려 있었다. 그 카스텔라는 내겐 일종의 제사음식이었다. 생전에 맛난 것 해드리지도 못한 할머니에게 빈손으로 오고 싶지 않았고, 아픈 당신을 가끔 들여다보았을 수녀님께 인사라도 해야 할 것 같아서 산 것이다.

"이거 수녀님께 전해주세요." 마침 마주친 아주머니에게 —그녀는

사제관에서 일한다고 했다―억지로 케이크 봉지를 떠맡기는 것으로 그날의 일정을 마쳤다. 문을 나서 마지막으로 성당을 한번 휘익 둘러 보고 난 뒤에 난 총총 과거에서 빠져나와 현재로 향했다.


요즘 들어 부쩍 할머니가 그립지만, 내가 당신을 그리워할 자격이 나 있는지 모르겠다. 나는 할머니의 장례식에도 참석하지 않았고, 할 머니의 무덤이 어디 있는지조차 모른다. 내가 그리워하는 건 어쩌면 할머니가 열어주었던 유년의 찬란한 시간들이 아닌지. 그때처럼 아무 생각 없이 성체를 받아먹을 수 있다면 인생이 훨씬 단순하고 행복해질 텐데…… 포도주에 적신 하얀 밀떡을 주님의 몸과 피로 알고 거룩하 게 받아넘기던 순수의 시대가 내게도 있었다. 죄는 그 무게로 날 짓누 르지 않고, 용서는 '주의 기도'를 외우는 것처럼 쉽고도 빨랐던 시절이.

(『경향잡지』, 1999년)

# 내 아침을 돌려다오

1999년 12월의 어느 일요일 아침. 평상시보다 다소 늦게 10시경에 잠자리에서 일어났다. 눈이 떠진 것은 물론 한참 전인데, 난 한껏 게으름을 부리며 따뜻한 방바닥에 누워 있었다. 요 며칠째 바람이 심하게 불어 창문이 덜컹거리는 소리에 잠을 제대로 잘 수 없었는데, 간밤의 숙면이 그렇게 달콤할 수가 없었다.

음악을 틀고 잠시 맨손체조를 한 뒤에 세탁기를 돌렸다. 직장을 다니지 않아 굳이 그럴 필요는 없는데도, 난 주로 토요일과 일요일에 빨래와 청소 등 집안일을 몰아서 한다. 그건 내가 가진 일종의 강박관념인지도 모른다. 자칫 잘못하면 한없이 늘어질 수 있는 게 내 조건이므로, 그렇게 억지로라도 생활에 리듬을 주고 싶었다.

아무튼 오늘 아침 난 기분이 좋았다. 잠도 잘 잤고, 하늘은 맑고 태양은 빛나고…… 더 무엇을 바라겠는가. 완벽한 행복은 아닐지라도 난 현재의 내가, 이 집과 풍경이 만족스러웠다. 오랜만에 얻은 마음의 평화와 작은 행복이 소중해 세상의 그 무엇과도 바꾸고 싶지 않았다. 게다가 오늘부터 난 그동안 뜸 들였던 작품에 착수할 것이었다. 근 십 년 넘게 습작해놓은 원고들이 내 손을 기다리고 있었다. 빛바랜 원고지에 펜으로 꾹꾹 눌러 쓴 내 피와 땀의 결정들, 그때그때의 상념을 끄적거려놓은 종이쪽지들에 뼈와 살이 붙어…… 모든 게 잘될 것 같은 예감이 들었다. 그래서 음악에 맞춰 나도 모르게 춤을 추며 아침식사 준비를 하고 있었다. 우유를 마시고 사과를 까먹은 뒤에 본격적인 식사를 하려고 냉장고에서 밥과 생선을 꺼내 막 프라이팬에 올려놓고 있었다.

바로 그 무렵이었다. 거의 완벽에 가까웠던 일요일 아침의 평화를 깨는 사건이 발생한 것이. 초인종이 울려 나가보았더니 등기우편물이 와 있었다. 전라북도와 충청권 일대를 가청권으로 하는 모 종교방송의 연출자가 보낸 라디오 방송 녹음테이프였다. 얼마 전 담당 프로듀서와 전화로 잠깐 인터뷰를 한 적이 있다. 그 여자의 목소리가 워낙 부드럽고, 말하는 태도 또한 깍듯이 예의를 갖춘 청탁이어서 그만 "네" 하고 말았다. 근 한 시간 동안 한 작가의 작품세계를 조명하는 프로그램이고, 미리 질문요지를 팩스로 보내는 등 나름대로 정성을 기울여 만드는 것 같아서, 또 내 시를 열 편쯤 골라 성우가 낭송한다고 해서 인터뷰를 하지 않겠다는 요즈음의 내 원칙을 깬 것이다.

벌써 두어 달 전의 일이라 잊어버리고 있었는데, 내가 사는 강원도의 소도시에서는 청취할 수 없는 프로라 테이프를 보낸다더니 약속을 지킨 것이다. 반가웠다. 테이프를 꺼내 카세트에 넣었다. 「서른, 잔치는 끝났다」를 낭송하는 소리가 들렸다. 빨래를 널고 식탁을 차리는 등 내 일을 계속하며, 여유를 부리며 방송을 듣던 나는 그만 동작을 멈추고 말았다. 너무 분위기를 잡는, 감상적이고 과장된 성우의 목소리가 마음에 들지 않았지만, 그 정도쯤이야 참고 견딜 만했다. 내가 참지 못했던 것은 시 낭송의 중간 중간에 들어간 진행자의 언급이었다.

"80년대의 진정성을 고수하던 한편에서는 싸구려의 청산주의로 시인의 시를 단죄하기도 해…… 우선 출판사의 상업적 전략과 광고공세가 주효했고, 시인이 화려한 학벌을 자랑하는 미모의 인텔리 여성시인이라는 점, 그리고 80년대를 배경으로 치열하게 펼쳐진 민중적 삶과 고뇌를 회고적으로 그려내, 당시 독자들의 감수성과 호기심을 자극했던 점이 이 시집을 베스트셀러의 반열에 올라서게 한 주요 이유들입니다. ……그래서 시인은 지독한 자기소모적 냉소주의에 빠지게 됩니다."

테이프를 듣는 동안, 삼치가 다 타버렸다. 나는 위에 인용한 말들, 나에 대한 비판 그 자체에 화가 났던 건 아니다. 누가, 어떤 평론가가 그랬는지 밝히지 않은 채 여기저기서 긁어모은 말들을 마구 짜깁기해서, 방송을 듣는 사람으로 하여금 그것이 인용문인지도 모르게, 마치 그가 말하는 내용이 모두 진실인 양 호도한 것이다.

내가 전화로 항의하자 담당 피디는 이렇게 말했다. "시인이 입을 다물고 있으니 그런 게(그런 말들이 정설로 굳어지는 게) 아니냐." 그는 또 이렇게도 덧붙였다. "그 시집에 대한 평가는 이미 끝난 게 아닌가요? ……사실 테이프를 보낼 때 최시인이 불쾌해할 줄 알았어요. 이런 전화가 올 줄 알았어요." 그렇다면 이 모든 게 처음부터 의도된 일? 알면서도 그랬단 말인가.


기분을 풀려고 바다로 갔다. 넓고 푸른 바다를 보면, 이 모든 게 헛되고 헛되게 여겨질 것 같아서. 부서지는 파도에 모든 걸 맡기고 잊어보려고. 그러나, 바다는 내 고민을 받아들이기엔 그날 너무 바빴다. 일요일이라 관광객으로 북적대는 겨울바다는 내게 아무런 위로의 말도 해주지 않았다. 해맞이 공원의 잔디밭에서 허공을 향해 팔을 크게 휘두르며 잠시 체조를 한 뒤에 발길을 돌렸다.

집에 오자마자 뱃속에 먹을 것을 집어넣었다. 차가운 아이스케키를 입 안 가득 베물며, 거의 으깨다시피 아작아작 씹으며 나는 나를 돌아보았다.

난 지금 대가를 치르고 있을 뿐이야. 이 세상에 공짜가 어디 있나. 시집이 나와서 이만큼 먹고살게 되지 않았나. 그게 어딘가. 어느 선배 작가가 한 말이 생각났다. '글을 써서 밥을 먹으려면 어느 정도의 수모는 감수해야 한다.' 중앙 일간지의 어느 힘 있는 기자가 내 글을 허락 없이 고쳐 흥분한 상태에 있던 나를 그는 그런 말로 위로했었다.

나는 사실 이런 글을 쓰고 싶지가 않다. 평소 자신에게 적대적인 평론에 대해 지면을 통해 작가가 시시콜콜히 변명하는 것만큼 치사한 일은 없다고 생각해왔었다. 무릇 권위는 세우는 게 아니라 존재하는 법. 시의 권위는 평론가나 시인이 세우는 게 아니다. 시에 권위를 부여하는 것은 바로 시 그 자체이다. 시가 생명력이 있다면 혹독한 비평을 뛰어넘어 살아남을 것이다. 끼리끼리 싸고도는 문단 권력에 대한 유감이 없진 않았지만, 결국 남는 건 작품이고 그 나머진 다 껍데기라고 생각해서 그냥 무시할 수 있었다. 거의 명예훼손에 가까운 욕설에도 난 참았다. 왜냐하면 그건 그 사람의 견해일 뿐이므로.

1) 나의 시세계를 80년대와 운동이라는 협소한 틀로 가두어 청산주의라 매도하는 시각에 대해 나는 동의할 수 없다. 이에 대해선 『말』지

에 기고한 한 글(「나는 잔치가 끝났다고 말한 적이 없다」)에서 충분히 내 입장을 설명했으니 여기선 생략한다. 소위 '운동'이니 '혁명'이니 하는 말들이 등장하는 시는 내가 펴낸 두 권의 시집 전체를 통틀어 서너 편에 불과하다. 내가 쓴 대부분의 시들은 고단한 삶, 그 자체를 다룬 것이다. 내가 운동권을 대표하는 것도 아니고 앞으로도 그러고 싶지 않다.

2) 상업적이란 형용사가 뜻하는 건 무언지? 모든 책은 출판될 목적으로 쓰이고 곧 시장에서 팔릴 운명이다. 현재 대한민국의 유수한 출판사들 대부분이 책 광고를 하고, 거의 모든 책 광고에는 저자 사진이 들어간다. 그리고 유독 내 시집만이 광고를 남들보다 크게, 많이 한 것도 아니다. 실제로 창작과비평사의 영업장부를 뒤져보면 알겠지만, 광고비용이 적정 수준을 초과한 것은 아니었다고 들었다.

내가 왜 이런 소소한 것까지 들춰내야 하는지 모르겠다. 사실 난 첫 시집이 한창 팔릴 1994년 당시 각종 매체의 인터뷰 요청에 응하지 않을 때도 많았고, 원고청탁과 강연 요청들은 거의 거절했었다. 그래서 일부 언론으로부터 건방지다고 찍혔고, 출판사의 편집부로부터 '자기 책을 파는 데 너무 소극적'이라는 말도 들었다. 낯선 사람들이 많은 데 가면 무지 피곤하기 때문에 독서토론회나 작가사인회도 가능한 피하고, 꼭 필요한 경우가 아니면 사람들을 안 만나고 살자는 게 내 철학이다. 그런 내게 상업적이라는 비난을 하는 건 좀 억울하다. 다른 수입이 없이 오로지 글을 써서 생활하는 나는 솔직히 내 책이 많이 팔리면 기분이 좋다. 하지만 내 양심을 버리면서까지 책을 팔고 싶지는 않다.

3) 앞에 언급한 라디오 방송과는 직접적인 관계는 없지만 몇 가지를 더 짚고 넘어가야겠다. 작년에 나의 두번째 시집 『꿈의 페달을 밟고』가 나왔을 때, 『현대문학』의 편집인 다섯 명(김화영, 이윤기, 최승호, 이남호, 이재룡)이 '죽비(竹篦) 소리'라는 코너에서 나를 집단적으로 까며 "시집을 대표하는 시의 중심 상상력이 대중영화의 한 장면에 빚지고 있다"고, 쉽게 말해 '표절'했다고 주장한 바 있다(중앙일보 1998년 7월 2일 32면). 시비에 오른 시의 전문을 여기 옮겨보겠다.

### 꿈의 페달을 밟고

내 마음 저 달처럼 차오르는데
네가 쌓은 돌담을 넘지 못하고
새벽마다 유산되는 꿈을 찾아서
잡을 수 없는 손으로 너를 더듬고
말할 수 없는 혀로 너를 부른다

몰래 사랑을 키워 온 밤이 깊어가는데

꿈의 페달을 밟고 너에게 갈 수 있다면
시시한 별들의 유혹은 뿌리쳐도 좋았다

글쎄. 도대체 이 시의 어느 구절이 영화 〈ET〉의 이미지를 차용한 것
인지? 설령 그랬다 해도 그걸 표절이라고 할 수 있을까? 그런데 표절
운운하려면 최소한 같은 지면에, 문제가 된 시의 전문을 소개해야 되
지 않았나? 그래야 공정한 태도가 아닌가?

이 기사가 나간 다음에 신문사 측에서 창작과비평사로 연락이 왔다
한다. 반론을 펼칠 지면을 줄 테니 누구든 쓸 테면 쓰라는 얘기였다.
말하자면 일방적인 기사가 나갔으니, 공정성을 기하기 위해 그 반대
쪽 입장도 싣겠다, 양쪽에 싸움을 붙여 구경하겠다, 사람들은 남이 치
고받는 걸 보기 좋아하니까. 신문사 측에선 그런 엎어치고 뒤치는 게
논의의 객관성을 담보한다고 생각했던 것 같다.
난 처음엔 이런 악의적인 왜곡에 맞서 은근히 누군가 내 대신 나서
서 싸워주기를 바랐다. 그러나 주위를 둘러보니 내 곁엔 아무도 없었
다. 내가 워낙 사람 사귀는 데 서툴고, 줄 서는 걸 싫어해 문단 내의
어떤 권력집단과도 가까이 지내지 않고 외톨이로 살다보니 생긴 당연

한 결과였다. 외로웠지만, 어차피 내가 선택한 고독이었다.


　'죽비 소리'라니, 얼마나 전근대적이고 가부장제적인 발상인가? 죽비는 대나무로 만든 회초리로 절의 선방에서 시종들을 졸지 말라고 등짝을 내리칠 때 쓴다고 한다. 사전에서 그 낱말의 뜻을 안 뒤에 나는 섬찟했다. 그러고 나서 그들의 글을 읽으니 행간에서 때로 어떤 살의(殺意)까지 느껴졌다. 그런데 그 무서운 죽비를 들고 치는 현대의 선비들은, 『현대문학』의 편집진들은 얼굴이 없다. 누가 그 말을 했는지, 누가 앞장서서 매를 들었고 누가 뒤에서 박수 쳤는지 이름을 밝히지 않고 모두 죽비 뒤에 숨어 있다. 싸우고 싶어도 상대를 알아야 싸울 것 아닌가.

　그간 우리의 평론이 실명을 써서 이 나라의 문학계에 공정한 비판 문화가 뿌리를 내리지 못한 게 아니다. 대한민국의 문학판이 썩은 건, 문학을 권력의 수단으로 알고 자기들끼리 모여 서로가 서로에게 상을 주고 출판기념회다 심포지엄이다, 자기도취에 빠진 우물 안 개구리들 때문이다. 이 나라에 건전한 토론문화가 정착하지 못하는 건, 뜬소문들과 근거 없는 비난이 보통 사람들에게 먹히기 때문이다. 그만큼 우리의 문화적 두께는 얇다. (나도 한때 농담이라도 남 이야기를 함부로 한 적은 없는지 이 기회에 반성한다.) 그 소문과 스캔들과 가십(gossip)의 바다에 배들이 몇 척 떠 있다. 어디 새로운, 화끈한 기삿거리가 없나? 눈에 불을 켠 채 먹이를 찾고 있다.

4) "김정란 교수도 최근 몇 개월 동안 지식인 사회의 도처에서 폭발
적인 안줏감이 되었다. 김교수는 '실체보다 턱없이 뻥튀기된' 신경숙,
'문제의식은 없이 오직 유명해지기만 하면 만족하는' 은희경, **'시의
기본도 안 돼 있는'** 최영미……라고 단도직입적인 비판의 칼날을 들
이대면서 유명해지기 시작했다."

— 1999년 『뉴스플러스』 195호


"저는 최영미 시인은 **창비의 최대 실수**라고 보는데……* 그런데 왜
그렇게 됐느냐 하면, 90년대 들어 문단 전체가 독법을 잃어버려서 그래
요. 문학을 문학 외적인 시각으로 바라보기 때문에, 어떤 작품이 문학
적으로 유의미한가를 명확하게 판단하지 못하는 거예요. 그리고 문학
을 통해서 여전히 다른 힘을 꿈꾸고 있기 때문이죠. 그러니까 최영미
시가 갖는 어떤 종류의 대중적 호소력 같은 것, 그것을 창비가 80년대
에 누렸던 민중적 환호와 혼동한 것이 아닌가 하는 생각이 들어요. 민
중은 역사의식을 가진 주체죠. 그러나 대중은 익명이고 몰의식적이에

---

* 여기 실린 인용문은 필자가 임의로 발췌, 편집한 것이 아니라, 잡지에 실린 그대로 전
문을 인용한 것이다.

요. 민중주의에서 어떻게 대중주의로 그렇게 건너뛸 수 있나요? 시만 놓고 보면 최영미의 시는 원태연이나 이정하 등의 베스트셀러 시집들보다 낫다고 볼 수 없어요. 더구나 그런 시집들은 위험하지는 않죠. 전혀 다른 코드로 소비되니까요. 성적으로 솔직하다, 그래서 억압에서 벗어났다, 만일 그런 기준에서 최영미가 의미가 있다면 왜 마광수나 장정일의 작품은 창비에서 고평하지 않는지 모르겠거든요. 그리고 제가 최영미 문학에서 문제 삼는 것은 이 시인이 **여성성의 문제에서도 전혀 새롭지 않다는 겁니다. 그녀는 남성으로부터 독립한 여성이 전혀 아녜요. 여전히 남성에게 사랑해달라고 애걸하고 있거든요.** 어떤 의미에서는 문학의 이름으로 공적인 어리광을 부리고 있다고 볼 수도 있어요. 옛날 여자들이 옷고름 물고 하던 걸 직접적으로 할 뿐이지 다를 것이 하나도 없다는 거예요. 아무튼 이런 부실한 시집을 '창비'의 이름으로 문학적 아우라를 씌워 팔고 나면, 한국시단 전체가 엉망이 돼요. 1년 2년 장사할 수는 있겠죠. 하지만, 나머지 시집들은 이제 못 팝니다. 그 정도 되는 시집을 읽으면서 문학적으로 의미 있는 작품을 소비한다고 생각했는데, 뭐 하러 골치 아픈 시집들을 읽겠어요?"

—『창작과비평』 1998년 가을호, 28~29쪽.
「좌담: 90년대 문학을 결산한다」에서 김정란 교수의 발언내용.


시인이자 문학평론가이자 상지대 교수인 김정란씨가 어느 문학좌

담에서 본인의 시세계에 대해 언급한 말들이다. 그의 지적대로 나는 '시의 기본'을 모르며, 앞으로도 영원히 알고 싶지 않다. 과연 그런 게 존재하기나 하는지조차 의심스럽다. 그래도 계속 시의 기본이란 게 분명히 존재한다고 우긴다면, 언제 한번 시간을 내서 그가 생각하는 시의 기본이 무엇인지 김교수가 내게 가르쳐주면 좋겠다.

내가 김정란씨에게 가장 유감스러운 건, 그의 기억력이 형편없다는 데 있다. 그는 1994년 『시와 반시』 여름호에 내 시집에 대해 상당히 우호적인 평론을 쓴 적이 있다.

"「마지막 섹스의 추억」이라는 도발적인 제목의 시에서 그녀는 사랑이 가능하게 해주었던 화사한 존재의 가득 참을, 그리고 그것을 잃어버린 쓰라림을 아름답게 그려낸다……

최영미에게 지난간 **'사랑'은 단지 한 사내에 대한 그리움에 불과한 것이 아니라, 그녀가 그녀의 젊음을 통과하며 가슴을 주었던 모든 것**, 믿었던 모든 것을 뭉뚱그리는 어떤 것이다. 그것은 4·19이며 5·18이며, 6·29이며, 그리고 동시에 그 〈어리고 싱겁던(47)〉* 스무 살

---

* 이하의 글에서 〈  〉 안에 들어간 문구들은 김정란씨가 필자의 시집 『서른, 잔치는 끝났다』에 나오는 시구들을 인용한 것이며, (  ) 안의 숫자는 해당 문구가 실린 위 시집의 쪽수를 뜻한다.

어린 내 곁에 있었던 〈한 남자〉, 〈논리를 넘어 시를 넘어…… 잡념처럼 아무 데서나 돋아나는 그 얼굴(102)〉이다. 시인은 이미 그것들과 함께 있지 않다. 시대의 바람은 불어가고, 이념은 스러지고, 그리고 〈그〉도 떠났다. 그러나 중요한 것은, 80년대에 이념의 영광에 취했던 이 80년 대산 시인이 남들처럼 이념의 영광이 절정에 달했던 시기가 아니라, 그 것이 누더기가 된 이후에야 시를 쓰기 시작했다는 사실이다. 그것은 그 녀의 시가 패배주의적인 절망에서 시작되었다든가, 또는 그녀가 이념 의 패배를 시로 위안받으려 했다는 것을 의미하지 않는다. 나는 어쩌면 그녀의 시쓰기의 이 출발점 자체를 **'모성적'인 아니면 적어도 '여성 적'인 선택**으로 생각할 수도 있다고 생각한다. 왜냐하면 그녀는 성공 의 가능성이 별로 없어 보이는 자리에서, 화려했던 밥상의 뒷물림으로 시를 시작했기 때문이다. 말하자면, 그녀는 세상이 먹다 버린 것에 대 한 안쓰러움으로 시에 '비로소' 다가간다. 거기에 무엇이 있는가. 아무 것도 없다. 다만 확신이 빠져나간 자리의 쓸쓸한 환멸, 그러나 한때 내 사랑의 대상이었던, 분명히 그랬던 〈그〉의 체취를 남기는 쓸쓸한 추 억…… 그녀는 그것을 거둔다.

그녀가 그렇게 할 수 있다면, 그것은 그네에게 정작 '운동'에 대한 열 광이 이념 자체에 대한 정치적인 믿음이 아니라, 삶에 대한, 또는 인간 에 대한 살가운 열정이었었기 때문이다. 말을 바꾸자. '이념'으로 삶을 구획하고 '이해'했던 자들은 그것의 정치적인 용도가 사라지자, 풀이

죽거나, 회의에 빠져버렸다. 그러나 이 여성시인에게 달라진 것은 아무 것도 없다. 그제나 저제나 그녀 앞에 놓여 있는 것은, 언제나, 유일하게 삶이다. 이념이 무너졌다. 〈그러나 대체 무슨 상관이란 말인가(10)〉. 그녀는 운동가들의 도정을 뒤집는다……

행여 그것이 비루한 삶에 불과하다 하더라도, 〈그 곁에 키를 낮춰 눕고 싶어(19)〉한다. 그 삶의 비루함에 키 맞추어 드러눕는 행위에는, 80년대의 그녀의 남녀 선배들에게서 나타나는 자조적인 자기비하의 감정이나, 우월감의 다른 표현인 연민의 감정이 전혀 없다. **그녀의 시적 자아는 80년대의 선배들에게서 나타나는 무언가 '억울하다'는 박탈감으로부터 완전히 해방되어** 있는 것으로 보인다. 그 때문에 **그녀의 시는** 최승자를 찜쪄 먹는 거치른 어법에도 불구하고 매우 **건강하게 느껴진다.** 그것은 아마도 이 시인이 삶에 대한 어떤 환상도 가지고 있지 않기 때문이며, 주어진, 있는 그대로의 삶을 수용하고 받아들이는 자신감을 어떤 형식으로든 획득하고 있기 때문이라고 생각된다. 이 시인이 그렇게 할 수 있는 이면에는, 어떤 〈사랑〉에 대한 확신이 숨어 있는데, 그 때문에 최영미는 최승자를 매우 닮아 있으면서도 최승자의 불모성을 극복하고 있다. 그것이 세대의 차이인지, 아니면 개인의 차이인지를 밝히는 것은 쉬운 일이 아니지만……

80년대와 90년대 사이라는 **시대적 관절의 아포리즘으로 오래 기억될 법한** 〈상처도 산 자만이 걸치는 옷〉이라는 구절은 바로 시인이 삶의 이편에 〈꼼짝 않고 서(89)〉 있다는 사실 때문에 얻어진다. 사랑이, 상처에도 불구하고 그녀를 살게 한다. 그것이 〈하늘 아래 부끄러운 줄도 모르고〉 삶에 색쓰게 한다. 충분히 짐작되는 고통과 좌절에도 불구하고, 최영미의 시가 불모의 퍽퍽함에도 쪼그라들지 않을 수 있는 것은, 그녀가 사랑의 존재를 의심하지 않기 때문이다.

어쩌면, 그건 나 혼자 하는 주책없는 〈짝사랑〉인가. 그러나 이 여성 시인은 제 마음을 받아주지 않는, 〈자존심을〉 〈너덜너덜(77)〉하게 만드는 〈그에게〉 욕지거리를 퍼붓지 않는다. 왜냐하면, 이 시인은, 어떻게 말할 수 있을까. **사랑이라는 특별한 감정 안에서,** 상대의 응답 없이도, 이미 **어떤 완벽한,** 또는 **밀도 높은 존재의 실현을 파악하는 방식을 알고** 있기 때문인 것 같다……

그렇게 해서 그녀는 지독한 싸움 이후에도, 모멸과 고통을 딛고 미래를 향해 선다. 아직은 미지인 유령, 또다른 환멸을 준비하고 있을지도 모르는 미래를 향해.

그것이, 최영미로 하여금 관념인 이념으로써가 아니라, 살로 삶에 몸 비비게 하는 유일한 원칙이다. 따라서 그녀는 〈역사〉를 찾아 멀리로 가지 않는다. 삶은, 현재진행형인 역사는 여기, 내 앞에, 아니, 내 위에, 그녀다운 표현으로 말하자면 〈코딱지〉처럼 붙어 있다……

시인이 그렇게 자신의 육체 안에 담지되어 있는 원시적인 건강한 욕망에 귀를 기울이는 것은, 시인이 그것을 산업화된 사회의 삭막함 가운

데에서, 순결한 생명력이 간직되어 있는 〈비무장지대(111)〉라고 파악하고 있기 때문이다. 그리고 그것이, **남성들이 주도권을 쥐고 경영해온 〈죽음〉의 문명에 말려들지 않고,** 여성의 육체 안에서 길들여지지 않은 채 남아 있는 사랑(amour), 비－죽음(a-mort)의 영역이라는 것을 이해하고 있기 때문이다…… 그래서 그녀는 팍팍한 도시의 아스팔트 위에서 〈비 그친 뒤에도 우산을 접지 못하고(110)〉, 안 하고, 비를 기다린다. 〈비라도 내렸으면(111)〉. 비는 내릴 것이다. 아니면 우리 모두 죽는다.”

　　—김정란, 『시와 반시』 1994년 여름호, 212~219쪽. 「마녀에서 어머니로 2—
　　　8, 90년대 여성시인들의 여성정체성을 통해 드러나는 시적 인식」에서 발췌.


그녀는 남자들이 헤집어놓은 밥상 앞에 망연히 앉아 남은 반찬들을 밥에 비벼 울며 퍼먹는다. 그녀의 시가 80년대 시의 스타들의 이러저러한 면모를 범벅으로 간직하고 있다면, 거기에는 그러한 필연적인 이유가 있다. **그 일을 한 ‘여성’이 떠맡았다는 데 생각이 미치면, 나는 한없이 마음이 아리다.** 남자들은 이미 사냥터에서 돌아와 전리품을 챙기고, 각기 ‘영웅’ 칭호를 받고 떠난 뒤이다. 최영미의 시는 두서가 없다. 그러나 달리 어떻게 할 수 있단 말인가, 그녀가 할 수 있는 것은 하나씩, 하나씩, ‘어쨌든’, 정리하는 일이다. 지금은 그 수밖에 없는 것이다.

　　　　　　　　　　　　　—김정란, 같은 글, 213쪽 각주에서

혹 착각하는 독자가 있을까 염려되어 밝히는데, 위 글을 쓴 김정란씨는 앞서 인용한 문학좌담에서 나에 대해 "최영미 시인은 창비의 최대 실수" "남성으로부터 독립한 여성이 전혀 아녜요…… 문학의 이름으로 공적인 어리광을 부리고 있다" 운운한 바로 그 사람이다. 어떻게 김교수는 '시의 기본도 안 돼 있는' 시인에게 무려 7쪽에 걸친 아름다운 평문을 쓸 수 있었나? 나는 여기서 김정란씨에게 '비평의 기본'에 대해 묻고 싶지는 않다.

난 지금 나의 알량한 작가로서의 자존심에 상처를 받아 이러고 있는 건 아니다. 이 늦은 시간까지 잠 안 자고, 다 불어터진 라면으로 허기를 때우고 컴퓨터 앞에 앉아 있는 건, 내가 분개하는 건, 왜 나의 모처럼 근사하게 시작한 아침을 망쳐버렸냐는 것이다. 우리 일생에 그처럼 완벽한 아침이 얼마나 된다고. 정말 그토록 반짝이는 시간이었건만……

다른 건 다 참아도 그것만은 용서 못 하겠다. 나의 맛있는 아침식사를 망친 죄, 삼치구이를 까맣게 태운 죄.

(1999년)

# 나의 바다를 찾아서

    난 지금 아파트 베란다에 앉아 포도주를 한잔 들고 축구경기를 관람하고 있다. 오후 세시쯤, 햇살은 적당히 따뜻하다. 아침처럼 눈이 부시지는 않지만 아직 태양의 온기가 남아 있어 스웨터를 걸치지 않아도 된다. 성탄절을 맞아 서울에서 내려온 손님들이 다 가고 나는 다시 혼자가 되었다.

    길 건너 학교운동장에서 펼쳐지는 속초시장기 축구대회를 느긋이 앉아서 구경하며, 새삼 이곳으로 이사 오길 잘했다고 흐뭇해한다. 로열박스가 따로 있나? 이 소파가 특등석이지. 암. 그렇고말고. 운동복을 입고 연습하던 평소와 달리 오늘은 선수들이 정식 유니폼을 입고 뛰며 호루라기를 매고 따라다니는 주심도 있어 진짜 경기를 보는 실감이 난다.

빨간 셔츠를 입고 왼쪽에서 오른쪽으로 공격하는 팀이 속초 중학인지 설악 중학인지 궁금하지만, 굳이 밑으로 내려가 알아보진 않을 것이다. 오늘 나는 조금 피곤하다. 그래도 아까 해변에서 파도를 보고 옷이 흠뻑 젖는 줄도 모르고 뛰어다니던 아이들 생각을 하면 뿌듯한 보람을 느낀다. 그 아이들도 내가 처음 바다를 발견했을 때처럼 신비로운 그 마력에 끌렸을까? 내가 그놈의 원고 때문에 좀더 편하게 사람들을 대접하지 못한 게 못내 미안했다.

공은 대개 하프라인 주위를 왔다갔다 할 뿐 결정적인 기회를 만들지는 못한다. 골이 터지지 않아 지루해지면 멀리 설악산을 쳐다보거나, 고개를 30도쯤 돌려 바다를 바라본다. 이렇게 내가 잠깐씩 한눈을 파는 사이에 갑자기 슛이 터지고 전반전이 끝난다.

축구광인 내게 이건 '덤'으로 주어진 선물 같은 거다. 처음 이사 올 땐 이런 낙이 있으리라곤 기대하지도 않았다. 학교가 코앞에 붙어 있어 좀 시끄러울 것 같아 걱정을 했었다. 학교 운동장이 거의 공설운동장이나 다름없어 하루 종일 사람들로 북적댄다. 새벽부터 달리기하는 아저씨들이 있는가 하면 가끔 전교생이 모여 조회를 하고, 낮에는 교련이나 체육수업을 받는 학생들로 붐빈다. 밤에도 조용하지는 않다. 불을 훤히 밝히고 훈련중이거나 벌을 받는 풍경을—얼마 전엔 원산폭격도 있었다—거의 매일 밤 목격할 수 있다. 운동장 네 귀퉁이에 높이 솟은 인공조명이 너무 강해 일찍 잠자리에 들고 싶을 때는 커튼을 쳐야 하지만, 그렇다고 짜증이 나지는 않는다. 어쨌든 구경거리가 있으니 심심하지는 않으니까.

　난 단지 서울이 싫어서, 일산에서 서울을 바라보고 사는 삶이 싫어서 떠났을 뿐. 속초가 특별히 좋아서 이사를 결심한 건 아니었다. 지방으로 거처를 옮겨야겠다는 생각은 몇 년 전부터 했었다. 그러다 작년 여름에 일산의 아파트 전세계약이 만료되어 본격적으로 이사 갈 계획을 세웠다. 처음에 난 어디로 갈지 몰라 대한민국 이곳저곳을 물색하고 다녔다. 제주도, 거제도, 전주, 춘천, 원주, 속초, 경주…… 전주와 춘천을 빼곤 전부 내가 한동안 머물렀던 곳이다. 다 좋은 곳이었지만 실제로 생활을 하려면 한두 가지 걸리는 게 있어 쉽사리 결정을 내릴 수 없었다. 이사날짜는 닥쳐오고 초조해지던 어느 날 밤, 난 전국지도를 펼쳐놓고 눈을 감았다. 손으로 아무 데나 찍어 정하는 것도 괜찮은 방법 같아 호기를 부렸지만, 그런 우연에 의지할 만큼 진짜 마음의 여유는 없었다.

　추억으로부터 자유롭고 싶어서, 별다른 연고가 없는 춘천으로 거의 마음을 정하고 계약을 하러 갔을 때, 어수선한 게 어쩐지 내키지가 않았다. 호반을 끼고 있는 그 도시에 가득한 물로는 뭔가 부족하다는 느낌이었다.

그래서 그해 여름이 다 갈 무렵 속초행 비행기를 탔다. 물치에 내려 비릿한 바닷내음을 맡았을 때, 왜 그리 가슴이 뛰던지…… 마치 오래 그리워한 사람을 만난 것처럼 반갑고 감격스러웠다. 그 순간 난 마음을 정했다.

　내가 있어야 할 곳에 왔다는 느낌 하나만 믿고 덜커덕 집을 샀지만, 속초에서의 시작이 그렇게 순조롭지만은 않았다. 포장이사가 잘못되어 컴퓨터 프린터가 깨졌고, 노트북을 분실했으며, 우여곡절 끝에 다시 찾았지만 하드디스크가 망가져 있었다. 그보다 더 큰 일은 집에 비가 새는 것이었다. 추석을 며칠 앞둔 어느 날 아침, 깨어나보니 베란다 바닥에 흥건히 물이 괴어 있었다. 국내 굴지의 건설회사가 지었다는 아파트는 알고 보니 부실투성이였다. 베란다 천장과 벽에 금이 가 빗물이 스며들고 홈통과 바닥의 배수시설도 엉망이었다. 방의 장판이 습기로 썩어들어가는데 9월에 웬 비는 그리 무섭게 퍼붓던지. 며칠 잠을 설치며 걸레란 걸레는 모두 동원해 물을 훔쳤다. 심란하여 그 좋다는 산과 바다가 하나도 보이지 않았다.
　시공사인 모 건설에 진정서를 보내고 내용증명이다 뭐다 분주히 뛰어다녔다. 이런저런 문제로 사람들과 싸우느라 처음 한두 달은 정신이 없었다.
　생활문화가 서울과 완전히 다른 점도 한동안 내가 고전한 이유 중의 하나였다. 여기선 한번 뭘 하기로 했으면, 다음에 그걸 변경하기가 무지무지 어렵다. 안방의 유리창을 갈아 끼우려 사람을 불렀다가 며칠 뒤 주문을 취소하려 했더니, 곤란하다는 말을 듣고 얼마나 황당했던지. 결국 유리를 갈지도 않은 채 유리 값 전액을, 하지도 않은 시공비까지 합쳐서 물어줘야 했다.

서울의 상점들처럼 물건의 치수가 다양하지도 않고 한번 반품이 들어오면 다시 팔릴지가 불투명해 환불은커녕 교환도 잘 해주지 않는다. 게다가 영수증을 주고받는 습관이 되어 있지 않아 한동안 난 골탕깨나 먹었다. 내가 불만을 토로하면 상점의 주인들은 이렇게 말하곤 한다.

"여기 사람은 내가 다 알아요. 계약서요? 영수증이요? 그런 것 없어도 다 기억할 수 있어요."

그러나 그 기억이 잘못되어 한번 크게 낭패를 본 적이 있다. 붙박이 옷장을 주문했는데 내가 생각한 것과 다른 엉뚱한 장롱이 배달되어 한바탕 실랑이 끝에, 이번에도 또 내가 지고 말았다.

이곳은 더이상 내가 알던 포구가 아니었다. 어릴 때 잠시 살아 그래도 고향 비슷한 곳이라고 찾아왔지만, 먹고 마시고 즐기는 간판들만 즐비한 낯선 거리에서 나는 많이 더듬거렸다. 때로는 외지인이라고 따돌림도 당했다.

대한민국의 대표적인 관광지라 유동인구도 많지만 속초 토박이를 제외하면 이곳 주민의 대부분은 이북 출신이다. 주로 함경도에서 피란 온 사람들이 청호동 등지에 정착해 살고 있다. 관광으로 흥청대는 호텔과 콘도, 횟집과 순두부 촌을 조금만 벗어나면 산골이고, 금방 가난한 어촌이 나온다.

사람들 말투가 여간 거친 게 아니다. 버스터미널에 전화해 서울행 버스시간표를 물어보는 아주 간단한 의사소통도 안 돼 한참을 통화해야 했다. 안내 아저씨는 나중에 내게 버럭 화를 내며 투덜댔다. "아니, 왜 이리 사람 말귀를 못 알아듣나?"

집을 나서 조금만 움직여도 동네가 좁으니 같은 얼굴을 여러 번 마주칠 수밖에. 한번은 택시를 탔는데, 며칠 전 나를 어디서 태웠으며 그때 내가 어떤 상황이었다는 걸 — 친구가 와서 터미널로 급히 마중 나가는 길이었다 — 낱낱이 내게 환기시키는 기사 아저씨가 있어 놀란 적이 있다. 어떻게 그런 걸 다 기억하냐는 내게 그 아저씨 왈, "목소리가 특이해서요. 여기 사람 같지 않았거든요."


여긴 버스가 자주 다니지 않는다. 십 분에서 이십 분 기다리는 건 보통이고, 아침 저녁 통학시간이 지나면 삼십 분 가까이 기다릴 때도 있다. 게다가 노선도 다양하지 않아 바로 옆에 있는 노학동을 가는데 시내를 거쳐 버스를 갈아타고 빙 돌아가야 한다. 그래서 급할 땐 택시를 이용할 수밖에 없는데, 곧 속초 시내 모든 택시기사들이 다 나를 알아볼 날이 멀지 않은 것 같아 운전을 배우기로 했다.

운전학원에 등록을 한 첫날, 셔틀버스를 모는 강사들끼리 길에서 마주치면 서로 거수경례를 하는 모습이 어찌나 생경해 보이던지. 서울 같으면 그냥 손을 흔들든가 창을 열고 '어이─' 인사하고 지나갈 텐데. 아침에 원장 앞에서 열중 쉬어! 자세로 도열한 강사들은 모두 유니폼을 입고 있었다. 군부대가 많아 그런가.

난 처음엔 유독 그 학원만 보수적이라 그런 줄 알았는데, 그게 아니었다. 몇 달 뒤 미시령 밑의 콘도로 차를 몰고 가는데 입구의 수위가 내게 깍듯이 거수경례를 하는 게 아닌가. 당황한 나머지 나도 모르게 손이 올라갔다. 그를 따라서 군대식으로 인사를 한 뒤에 씁쓸했다. 사소한 일 같지만 문득 깨우쳐지는 게 있었다. 우리는 서로를 비추는 거울이다. 문화란 무서운 것이다. 우리가 의식하지 못하는 사이에 우리를 지배하는 힘이 바로 생활문화가 아닌지. 국민의 정부가 들어서고 많이 달라졌다는 게 그 정도이니, 안 그랬으면 난 여기서 한 달도 못 버티고 도망갔을 거다.

기다리고 기다리던 운전면허를 딴 날, 어찌나 기뻤던지. 당장 물치의 바닷가로 가서 회를 한 접시 시켜 먹고 자축했다. 친구들에게 전화를 해 파도 소리를 들려주며 자랑했다. 그즈음 내 관심은 차에 집중되어 있었다. 무슨 차를 뽑을까? 행복한 고민을 하다 거리에 나가면 차의 뒤꽁무니만 눈에 들어왔다. 씽— 하고 달리는 게 이뻐 보이면 뒤표지판을 읽느라 한참을 길거리에 서 있곤 했다.

며칠 뒤 프라이드를 뽑았다. 그리고 틈만 나면 어디든 차를 몰고 나갈 '건수'가 없나? 시청 홍보과에서 구한 관광지도를 펴놓고 궁리했다. 때로는 걸어가도 될 곳을 일부러 차를 몰고 나가 주차하느라 애를 먹은 적도 있다.

강원도는 분단된 도이다. 남북으로 길게 이어진 해안가를 절반으로 뚝 자른 지점에 속초가 위치하고, 여기서 조금만 올라가면 북한의 장전항이다. 7번 국도를 타고 고성을 가다 금강산 가는 길이라고 크게 써 붙인 표지판을 보았다. 통일만 되면 이 길을 따라 계속 달려 원산, 두만강, 블라디보스토크, 몽고…… 러시아와 중국은 물론 육로로 유럽대륙과도 연결된다. 아— 얼마나 근사한 일인가.


속초 같은 소도시에선 익명으로 존재하는 게 무척 힘들어 여기 와서 내 거짓말이 많이 늘었다. 과년한 여자 혼자서 사는 걸 수상쩍게 생각하는 아줌마와 아저씨들 때문에 처음엔 연기를 좀 해야 했다. 사람들의 시시콜콜한 호기심을 피하려 내가 사용한 소도구는 결혼반지와 아이 사진이었다. 이사한 첫날부터 백일된 조카 사진을 보란 듯이 거실장 위 눈에 잘 띄는 곳에 놓았다. 각종 배달꾼이나 보일러, 가스, 컴퓨터 등 기계를 수리하러 낯선 남자들이 드나들 때마다 어떻게든 여자 혼자 사는 집이 아니란 걸 보여주려 애썼다.

단골식당 아가씨의 집요한 심문에 못 이겨 결국 내 신분을 밝힌 적도 있다. 결혼했다며 내가 내민 금반지도 믿지 않는 그녀였으니까. 내가 이런 사정을 하소연하면 후배 K는 말한다. "내 애인 빌려줄 테니 하루 날 잡아 속초 시내를 함께 돌면 되잖아요." "정말? 그럴까?"

그러나 막상 그녀가 애인과 함께 날 찾아왔을 때, 난 그 절호의 기회를 활용할 수 없었다. 친구가 올 때마다 차가 막혀 길가에서 아까운 시간을 다 보내야 했다. 추석 때 내려와서는 소파를 베란다로 옮기는 등 가구배치를 다시 해준 뒤에 쉴 틈도 없이 그날 밤 서울로 갔고, 11월에 왔을 땐 단풍구경할 시간도 부족했다.

그럭저럭 나는 새로운 환경에 적응해갔다. 가끔씩 들러 가볍게 이런저런 얘기를 나눌 수 있는 친구도 생겼고 동네 아줌마들과 수다를 떨며 중요한 생활정보를 얻기도 한다. 예컨대 어디 음식점이 괜찮다든지, 난방비를 절약하는 방법 등. 이곳에서 내가 정을 붙이고 살게 된 데는 친절한 이웃들의 도움이 컸다. 우연히 알게 된 C 가구점과 이불집 아줌마들, 그리고 마음씨 좋은 우리 아파트 수위 아저씨가 내 든든한 빽이다. 못을 박고 커튼을 다는 등, 나 혼자 힘으론 할 수 없는 일들이 생기면 난 조금 망설이다 이분들께 의지한다.

시내를 나갈 때면 부둣가에 가까운 가구점에 들러 차를 마시곤 한다. 나보다 여섯 살 위인 주인언니는 한자리에서 십 년 넘게 장사를 한데다, 속초로 시집온 지 이십 년이 넘어 이 좁은 바닥에서 일어나는 일은 무엇이든 훤히 꿰뚫고 있다. 그 감칠맛 나는 말솜씨로 한번 얘기 보따리를 풀어놨다 하면 시간이 어찌나 빨리 가는지, 손님이 유리문을 열고 들어올 때까지 계속되는 그녀의 '소설'을 듣느라 강릉 가는 버스를 놓칠 뻔한 적도 있다.

내가 간절히 원했던 건 바다였다. 한적한 해변을 그냥 걷고 싶었다. 아무에게도 방해받지 않고, 파도와 놀고 싶었다.

그러나 대부분의 바다는 좀 괜찮다 싶으면 철조망이 쳐 있고, 아니면 관광객을 위해 개방된 해수욕장이 고작인데 너무 개발돼 도무지 매력이라곤 찾을 수 없다. 나는 아직 '나의 바다'를 찾지 못했다.

20세기의 마지막 날 오후, 나는 지도를 보고 있었다. 나는 별로 특별할 것도 없는 이날을 혼자 조용히 보내게 되어 흡족했고 뭔가 추억거리를 만들고 싶었다. 새해가 되려면 아직 여덟 시간쯤 남아 있었다. 예전부터 가려고 별렀던 조양동의 선사유적지를 답사한 뒤에 청간정에서 월출을 보고, 오는 길에 하일라비치에 들러 저녁을 먹는다는 제법 근사한 계획을 세웠다.

오로지 관광지도 하나만 믿고 탐험에 나섰는데 의외로 쉽게 목표물을 찾을 수 있었다. 조양동 동사무소 뒤의 야트막한 야산 입구에 안내 표지판이 있었다. 기원전 8세기 청동기시대의 움집터 7채와 고인돌 2기를 1992년 강릉대 박물관팀이 발굴했다는 저간의 사정이 꽤 자세하게 적혀 있었다.

가파른 계단을 올라 등산로를 따라 조금 걸어가니 벤치가 나오고 그 뒤에 길게 산등성이를 휘감아 말뚝을 박아놓았는데, 그 안이 발굴 현장이었다. 평평하고 둥근 정상에 잔디가 심어져 있고, 동서로 길게 뻗은 장방형의 집터자리만 흉터처럼 날흙 자국이 남아 금방 알아볼 수 있었다. 관광객들이 버리고 간 담배꽁초와 컵라면 뚜껑, 나무젓가락이 지저분하게 나뒹굴고 있을 뿐 유물도 없고 고인돌도 없었다. 난 혹시 깨어진 토기 조각이라도 주울까, 유심히 땅을 살펴보았지만 부서진 조개껍질 같은 것만 잡힐 뿐 아무것도 남아 있지 않았다. 일어나 주변을 거닐었다. 바람이 약간 불고 날씨는 흐렸지만 이상하게 기분이 좋았다.

대나무숲 너머로 청초호와 동해의 푸른 물결이 시원하게 펼쳐지고 속초 시내가 한눈에 들어오는, 그 언덕에 서서 난 무엇을 생각했나? 인적 없는 그곳에서 난 일종의 해방감을 만끽했다. 두 팔을 들어 빙글빙글 돌기도 하고 작게 흥얼거리며 노래도 불렀다. 나의 바다를 찾은 것 같은 기쁨에 약간 들떴던 것 같다.

호수에 유람선이 떠 있고 회전목마가 돌고 부근의 식당과 카페에서 네온사인과 불빛이 명멸했다. 산 밑에 교회를 짓느라 철근과 시멘트를 드러낸 보기 흉한 몰골 위로 삐죽 올라간 십자가상도 보였다. 아직 날이 저물지 않았는데도 하늘이 부옇고 음산한 게 왠지 세기말의 느낌을 주었다. 발밑에선 찻소리, 음악 소리, 확성기에서 호객하는 소리…… 각종 도시의 소음이 뒤섞여 윙윙대는데, 내 등뒤엔 둥지를 찾는 까치 울음. 그리고 2800년 전에 살았던 사람들의 흔적이 파헤쳐져 누워 있다. 그 과거와 현재의 극적인 교차 속에서 나는 좀 감상적이 되었다. 이 모든 걸 기억하며 저 푸른 바다는 영원하겠지. 짧게 인류의 역사가 흘러갔고, 나도 흘러갔고, 당신도 흘러갔다.

그렇게 달콤한 무상함에 젖어 문득 고개를 돌렸는데, 그때였다. 잿빛 구름 사이로 태양이 살짝 모습을 드러냈다. 하얗게 빛나는 둥근 해가 머리 위에서 날 굽어보고 있었다. 지는 햇살이라 눈이 별로 부시지 않아 난 얼룩얼룩한 태양의 무늬까지 본 것 같다. 구름과 태양이 서로를 가릴 듯 말 듯 천천히 움직이며 춤을 추다 곧 자취를 감춰버렸다. 그건 뭐라고 말로 표현할 수 없는 아주 신비로운 경험이었고, 나는 감격했다.

그날 밤 청간정엔 달이 뜨지 않았다. 저녁을 먹고 집으로 돌아와 난 내 작은 방에 틀어박혔다. 집 안의 전등을 모두 끄고 촛불을 밝힌 다음 고요한 가운데 일기장을 뒤적였다. 거기 적힌 "난 아무것도 기다리지 않으며 어떤 것으로부터도 도망치지 않는다"는 희랍인 조르바의 맹세를 음미하며 올 한 해를 뒤돌아보았다.

폭죽이 터지는 소리에 놀라 밖으로 나왔다. 드디어 새천년. 자정이라는 걸 알았다. 베란다에 서서 불꽃놀이를 구경했다. 빨강, 초록, 노랑, 보라…… 형형색색의 화려한 불꽃들, 인간이 하늘로 쏘아올린 장난감들이 지상의 네온사인들과 섞여 밤하늘을 수놓다 사그라지는 걸 지켜보며 난 아까 보았던 선사시대의 집터를 떠올렸다. 배수를 위해 진흙 고랑을 파고 움집을 지어 살았던 사람들을, 불씨 하나 지키려 며칠씩 잠 못 이루고 온 가족이, 씨족이 매달렸을 텐데…… 그 귀한 생명의 불씨를 몇천 년이 지나 우리는 이렇게 낭비하고 있다니. 난 전 세계에서 터졌을 어마어마한 양의 불꽃들을 상상했고, 내가 옛날에 헛되이 쏘아올렸던 마음의 불꽃들을 생각했다. 내 것이 아니었던 열망들에 마지막으로 작별을 고하고, 난 돌아섰다. 안녕. 무모했던 날들이여. 안녕. 20세기여.

마지막 남은 포도주를 비우고, 나는 컴퓨터 앞에 앉아 새로 쓸 글의 첫 문장을 열에 달떠 두드렸다. 저 캄캄한 우주에 가득한 고독만큼, 내 꼬인 위장의 쓰라림만큼, 진실한 한 문장으로 새해가 시작되고 새

로운 나의 인생이 열릴 것이다. 나는 어둠을 뚫고 나오는 태양. 어둠
을 잊지 않는 해가 되고 싶다.

(『신동아』, 2000년 2월)

문학동네 산문집
우연히 내 일기를 엿보게 될 사람에게
ⓒ 최영미 2009

1판 1쇄 │ 2009년 11월 12일
1판 2쇄 │ 2009년 12월 10일

지은이 최영미
펴낸이 강병선
책임편집 염현숙 최지영 이연실
마케팅 방미연 이지현
제작 안정숙 서동관 김애진

펴낸곳 (주)문학동네
출판등록 1993년 10월 22일 제406-2003-000045호
주소 413-756 경기도 파주시 교하읍 문발리 파주출판도시 513-8
전자우편 editor@munhak.com │ 대표전화 031)955-8888 │ 팩스 031)955-8855
문의전화 031)955-8889(마케팅) 031)955-2645(편집)
문학동네카페 http://cafe.naver.com/mhdn

ISBN   978-89-546-0935-7 03810
**www.munhak.com**